COMPTE RENDU

DES

ŒUVRES COMPLÈTES DE M. DE BONALD

Pair de France, membre de l'Académie française,

Réunies pour la première fois,

CLASSÉES, COLLATIONNÉES AVEC LE PLUS GRAND SOIN,

Publiées par M. l'abbé MIGNE, éditeur de la *Bibliothèque universelle du Clergé*, etc. — 3 vol. in-4°. Pr. : 24 fr.

PAR M. DELAHAYE.

PARIS

1860

Paris. — Imprimerie de L. MIGNE.

COMPTE RENDU

DES

ŒUVRES COMPLÈTES DE M. DE BONALD

COMPTE RENDU

DES ŒUVRES COMPLÈTES DE M. DE BONALD.

———

Les anciennes éditions des Pères de l'Eglise et des plus célèbres théologiens étaient presque épuisées, devenues très-rares, et coûtaient fort cher ; le Clergé régulier et séculier, appauvri par les révolutions, était hors d'état de se procurer les livres les plus nécessaires à son instruction. Dieu, qui n'abandonne pas son Eglise, suggéra à un simple prêtre la pensée de *réimprimer les Pères grecs et latins et les ouvrages les plus estimés sur chaque matière*, de manière à pouvoir les vendre à un prix modéré. Grâce aux peines de M. l'abbé Migne, les séminaires, les établissements religieux et les particuliers peuvent se procurer à bon marché la *Collection des Pères de l'Eglise* et des *Cours complets de théologie*. M. Migne étend le cercle de ses publications aux ouvrages des auteurs français qui ont écrit en faveur de la religion à la fin du dix-huitième siècle. La Providence a suscité un pro-

fond penseur pour signaler et combattre
les erreurs qui avaient amené le boule-
versement de la société et démontrer les
lois du monde moral : M. l'abbé Migne
vient de publier les *OEuvres complètes de
M. de Bonald;* il m'a prié de rendre compte
de son édition. Il ne lui eût pas été difficile de s'adresser à un homme de plus de
talent ; il aurait pu difficilement trouver
une personne qui ait plus de vénération
et doive plus de reconnaissance à M. de
Bonald. C'est à son école que s'est formée
ma jeunesse, c'est dans l'étude de ses ouvrages que j'ai appris à me défier de cette
fausse philosophie qui séduit les intelligences par l'espérance d'une indépendance chimérique; à connaître l'importance de la Religion dans la société et les
bienfaits dont l'humanité est redevable
au Christianisme. J'ai donc accepté avec
bonheur la mission que M. Migne voulait
bien me confier; mais en même temps
je l'ai prévenu que je l'agrandirais, que je
ne me bornerais pas à faire ressortir l'op-
portunité, le mérite de l'œuvre typographi-
que; que je saisirais cette occasion pour
venger M. de Bonald des attaques dirigées
contre lui comme philosophe.

Sous ce rapport, le plus beau titre de
gloire de M. de Bonald est incontestable-
ment sa théorie sur l'*Origine des idées.*

« D'après le récit des Livres saints et

l'enseignement de l'Eglise, le premier homme sortit des mains du Créateur dans l'état de maturité ; il ne naquit pas enfant, dans la faiblesse et l'ignorance du premier âge ; il parut sur la terre homme fait, jouissant, dans le premier moment de son existence, de toutes les facultés du corps et de l'esprit ; il arriva à la vie avec des connaissances toutes formées dans son esprit, avec des sentiments religieux dans le cœur, avec une langue toute faite pour exprimer ses idées. Ce qu'il avait reçu de Dieu même, ce qu'il savait, il le transmit à ses enfants, qui, à leur tour, le laissèrent comme un héritage aux générations suivantes. La tradition se conserva, s'étendit avec l'espèce humaine, et voilà comme de famille en famille, d'âge en âge, de contrées en contrées, les notions primitives se sont conservées plus ou moins pures dans le genre humain.

« Ainsi, toutes les croyances religieuses et morales ont une source commune : ce sont des ruisseaux dont les uns ont conservé la pureté de leurs eaux et dont les autres se sont plus ou moins altérés à travers la corruption des siècles. C'est de là que sont venus ces principes communs à tous les hommes que l'ignorance ou les passions affaiblissent, mais n'anéantissent pas ; cette lumière qui, pour bien des peuples, a été obscurcie des nuages du mensonge, mais qui laisse toujours échapper quelques rayons. Or, ces règles universelles, invariables, dont le sentiment plus ou moins vif se trouve partout; ces notions communes du bien et du mal qui gouvernent l'espèce humaine et sont comme la législation du monde moral, voilà ce qu'on appelle *la loi naturelle* (1). »

Telle était donc l'origine de la vérité et de la raison; l'homme demeure dans l'ignorance tant qu'il n'a pas joui du *commerce de la parole*, et ce n'est que par ce moyen qu'il commence à connaître. Il faut donc déférer à la raison commune. Or, cette raison commune n'étant autre chose que le tableau de l'ordre universel, toutes les fois que nous empruntons à la mémoire commune, nous possédons la vérité, et quand notre raison individuelle est en opposition avec la raison générale, nous tombons dans l'erreur (2).

Telles sont les conséquences de la doctrine catholique; pour s'y soustraire, il n'était pas d'efforts que les sophistes n'eussent faits, de systèmes qu'ils n'eussent inventés.

Les uns rejetaient ouvertement l'autorité des Livres saints, enseignaient que

(1) Frayssinous, *Sur la loi naturelle.*
(2) Héraclite, cité par Sextus Empiricus.

l'homme avait été jeté sur la terre, sans loi,
sans religion, sans parole ; qu'il avait découvert la morale, inventé la parole, comme il a découvert les lois du monde sidé-
ral, inventé la boussole.

D'autres disaient, avec J.-J. Rousseau :
Ce que Dieu veut que l'homme fasse, il ne
le lui fait pas dire par un autre, il le lui dit
lui-même, il l'écrit au fond de son cœur.
Quelques-uns, plus circonspects, commen-
çaient par reconnaître qu'Adam et Eve ne
durent pas à l'expérience l'exercice des
opérations humaines, qu'ils furent, par un
secours extraordinaire, en état de réfléchir et de se communiquer leurs pensées. Mais ils finissaient par chercher les
moyens de se passer de l'intervention de
Dieu.

L'enseignement de la philosophie, loin
de combattre ces erreurs, les favorisait.
Car les uns enseignaient avec Descartes
et Fénelon que les vérités morales étaient
gravées dans l'âme, et que l'attention suffit pour les faire apercevoir ; d'autres sou-
tenaient avec Aristote, saint Thomas,
Locke et Condillac, que l'entendement de
l'enfant est table rase, que toutes les idées
viennent des sens et se forment par le
travail de l'intellect actif sur les impressions sensibles.

M. de Bonald a consacré son génie à
combattre ces erreurs et ces systèmes ; il

a fait concourir toutes les sciences au triomphe de la vérité biblique et de la doctrine de l'Eglise.

L'Histoire. Elle a conservé les noms des auteurs des inventions célèbres, le lieu, le siècle de l'invention. Vous prétendez que le langage a été inventé, citez-nous le nom de l'inventeur, le siècle, le pays où il a vécu. Vous ne le pouvez pas, parce que le langage n'a pas été inventé. A toutes les époques, l'histoire nous montre les hommes en possession de la parole et d'un langage articulé.

La linguistique. Quoi de plus compliqué que le mécanisme d'une langue, même la plus pauvre ? que de génie son invention exigerait de son auteur. Et vous supposez que le langage a été inventé par des hommes grossiers, sauvages !

La psychologie. La création d'une langue exigerait le développement complet des facultés intellectuelles. Or l'expérience prouve que ces facultés n'acquièrent leur complet développement que par l'instruction.

Evidemment le langage n'a pas pu être inventé : la parole est un don de Dieu.

Considérez les sourds-muets, examinez chez eux les organes de la parole. Ils existent, ils ne sont atteints d'aucun mal. Pourquoi ces êtres malheureux ne parlent-ils pas ? Parce qu'ils n'entendent pas parler. La surdité est l'unique cause de leur mutisme.

A ces systèmes sur l'origine des idées qui favorisaient le déisme et même le matérialisme, M. de Bonald a substitué une théorie qui combat ces erreurs et confirme le récit biblique et l'enseignement de l'Eglise.

Il aurait pu rejeter complétement le système des idées unies, et soutenir, avec saint Thomas, que l'entendement de l'enfant est une table rase sur laquelle il n'y a rien d'écrit, rien d'imprimé ; il ne l'a pas fait, il a seulement modifié ce système : selon lui les idées existant dans l'entendement avant toute instruction, mais à l'état latent, en germe. L'attention ne suffit pas pour en donner la perception. L'action des objets matériels et sensibles est incapable d'éveiller les idées proprement dites, c'est le privilége exclusif de la parole et de l'instruction.

Les conséquences de cette théorie sont importantes, favorables à la religion.

La tradition n'est pas seulement le moyen ordinaire, mais le moyen nécessaire de connaître les vertus religieuses et mora'es.

Le don de la parole par le Créateur au premier homme n'est pas seulement un fait historique, un dogme sacré, c'est une vérité scientifique, philosophique.

Les incrédules ont bien compris la portée de la théorie de M. de Bonald : quelques-uns l'ont attaquée ; la plupart, plus adroits, désespérant de la réfuter, ont affecté pour elle un silence dédaigneux et continuent à enseigner les systèmes d'Aristote ou de Descartes.

Elle fut accueillie avec bonheur par les Catholiques et ne rencontra de contradicteurs que parmi les rationalistes. Dans ces derniers temps, elle a trouvé des adversaires dans les rangs du Clergé. Les plus remarquables sont les PP. Ventura et Chastel. Ils me permettront de discuter les objections qu'ils ont faites contre la théorie de M. de Bonald : je ne me plains pas de contradictions ; je ne pousse pas la vénération pour M. de Bonald jusqu'à un enthousiasme aveugle et fanatique ; je suis bien éloigné de prétendre que toutes les propositions tombées de sa plume soient parfaitement exactes. L'esprit humain est si faible, que presque toujours l'homme de génie formule ses opinions d'une manière trop absolue, tombe dans des exagérations partielles et quelquefois dans l'erreur opposée à celle qu'il combat. Il est bon que toute théorie nouvelle soit examinée avec soin : soumise à l'épreuve de la contradiction, la discussion l'épure, elle élimine les exagérations, les inexactitudes ; dégagé de ses parties faibles, le système reste plus solide. C'est dans cet esprit que je vais discuter les objections des deux auteurs que j'ai cités.

Je commence par le P. Ventura ; il est le premier en date. Dans l'ouvrage intitulé : *Les semi-Pélagiens de la Philosophie*, le savant Théatin se défend comme d'un gros péché d'être Bonaldien. Il y a vingt-sept ans, dit-il, dans des observations que nous adressâmes de Rome au correspondant de ce temps-là, touchant notre ouvrage : *De Methodo philosophandi*, sur l'origine des idées, nous avons formulé cette même doctrine thomistique, que nous venons de développer dans tous ses détails. Et postérieurement nous avons exposé cette même doctrine dans nos *Conférences* (tom. 1er, pag. 165 et suivantes), dans notre livre : *De la vraie et de la fausse Philosophie* (pag. 30), et dans notre ouvrage sur l'*Origine des idées*. Je n'ai pas lu ces ouvrages, mais j'ai entre les mains et sous les yeux *Les semi-Pélagiens de la Philosophie*. C'est d'après ce livre que je formulerai le système du P. Ventura et les objections qu'il dirige contre M. de Bonald, et que je puiserai mes citations.

PREMIÈRE PARTIE.

Avec l'illustre Théatin, ma discussion sera simple et facile : elle consistera à lui

montrer que M. de Bonald n'est pas aussi
éloigné du système thomistique qu'il le
croit; que lui, P. Ventura, est d'accord
avec M. de Bonald sur le point capital,
important, et que la divergence n'existe
que sur une question secondaire. La que-
relle vient en grande partie de ce qne le
P. Ventura a pris le mot *idée* dans un sens
autre que celui que lui donne M. de Bonald. Par idée, le P. Ventura entend la
conception du particulier d'une manière
générale, c'est-à-dire les notions ou universaux; par idée, M. de Bonald entend
la représentation mentale des choses ou
objets qui ne tombent pas sous les sens :
Dieu, l'âme, l'ordre, la justice. Le théologien et le philosophe se disputent, comme
il arrive souvent, parce qu'ils ne s'entendent pas. Je me hâte de justifier cette
assertion.

J'ouvre l'ouvrage cité à la page 52 et je lis :
L'idée n'est que la conception du particulier d'une manière générale. L'homme
ne perçoit par les sens que *ce cheval*, ce
lion, cette cause, cet effet, ce bien, ce
mal physique, et il conçoit le cheval dans
son esprit, le lion, la maison, la cause, le
bien, le mal de l'ordre matériel. Il n'apprend à connaître par l'instruction domestique que son Dieu ou son âme, ou ce
Dieu, cette âme, cet acte vertueux, ce devoir; et son esprit se trouve avoir la con-

ception générale de Dieu, de l'âme, du vice, de la vertu, du devoir.

Or, voici le système du **P. Ventura :** L'homme n'a pas besoin de la parole ni de l'instruction pour percevoir les objets matériels ; il les perçoit par le moyen de ses sens. Il n'a pas non p'us besoin de la parole ni de l'instruction pour généraliser ces objets ou former les idées : l'intellect passif reçoit les impressions sensibles, les transmet à l'intellect agissant. Celui-ci généralise le particulier, universalise l'individuel, spiritualise le matériel, et produit les idées. Ainsi se forment les idé s de cause, d'effet, le principe : point d'effe' sans cause, p. 281.

Il est vrai que pour connaître son Dieu, son âme, tel acte vertueux ou vicieux, tel devoir, et les individus qui appartiennent au monde invisible, l'homme a besoin de la parole et de l'instruction domestique, qui, à l'égard de ces objets, remplissent la fonction des sens. Voyons page 119, 125, 165.

Par la parole et par l'instruction l'homme ne perçoit que des objets particuliers : ce Dieu, cette âme, tel acte de vice ou de vertu. Mais l'homme n'a pas plus besoin de la parole et de l'instruction pour généraliser les objets de l'ordre supra-sensible que pour généraliser les objets matériels ; l'intellect agissant les universalise et en forme les idées.

Tel est le système du **P. Ventura**. J'arrête l'auteur dès le début, et je le préviens qu'il confon l les idées avec les notions ou universaux : choses bien différentes, et que **M.** de Bonald avait pris grand soin de distinguer, comme on va le voir : en effet, j'ouvre les *Recherches philosophiques* chapitre VII intitulé : De la pensée, t. III, page 171 édition de **M.** Migne, et je lis : 1. L'âme toujours servie par les organes, reçoit par leur ministère les impressions des objets matériels qui frappent le sens de la vue, de l'ouïe. 2. Elle entend les expressions que nomment les objets intellectuels qui ne tombent pas sous les sens. 3. Elle éprouve les sensations de la douleur ou du plaisir produites sur les organes des sens par le contact des corps extérieurs ou qu'une partie du corps peut produire dans l'autre partie.

L'âme est donc imagination, entendement, sensibilité.

1° L'âme est imagination ou faculté d'imaginer les objets matériels, de faire, des impressions qu'elle en reçoit, des images ou représentations mentales conformes aux objets.

2° L'âme est entendement ou faculté de concevoir des idées d'objets intellectuels qui ne tombent pas sous les sens, à l'occasion des mots qu'elle entend et qui expriment ces idées, c'est-à-dire les lui rendent sensibles à elle-même.

3° L'âme est sensibilité ou faculté de ressentir de la douleur ou du plaisir dans les sensations que les corps extérieurs produisent sur le corps auquel elle est unie, ou quelquefois une partie du corps sur l'autre partie.

Plus loin, page 173, je lis :

« Il est surtout essentiel de distinguer nettement la pensée aux objets intellectuels, que j'appelle proprement idée, de la pensée aux objets corporels qui produit en nous l'image ou plutôt se produit sous une image. Une idée est différente d'une image, comme justice l'est de chêne ou de pierre, et ordre de cercle ou de carré.

Enfin, à la page 195 chap. VIII, je trouve :
« La métaphysique moderne a confondu trop souvent les idées générales avec les idées généralisées ou abstraites : les idées générales, l'ordre, la justice, la force sont des attributs nécessaires de l'Etre suprême, qui ne sont fixés ni à un temps ni à un lieu. Les notions ou idées généralisées sont une pure création de notre esprit, ce qui les a fait nommer êtres de raison.

Ainsi M. de Bonald distingue la faculté de percevoir les objets matériels, d'en reproduire les images, la faculté de ressentir les sensations de plaisir ou de douleur, la faculté de percevoir les objets incorporels, enfin la faculté de générali- ser les objets particuliers ou de former les notions.

Comparons les opinions du théologien et celles du philosophe sur ces différentes facultés et sur *ces divers* objets :

§ 1er. *Perceptions des objets matériels, images, sensations.*

Le P. Ventura soutient que l'âme perçoit les objets corporels et éprouve les sensa- tions, se forme des idées à l'occasion de ces sensations, indépendamment de la parole et avant toute instruction exté- rieure.

« Dès le moment où les sens de l'en- fant ont atteint l'état de] développement nécessaire pour distinguer les objets ex- térieurs et pour en soumettre fidèlement les fantômes à son imagination, son in- tellect agissant tout seul par sa seule activité, indépendamment de toute ins- truction, et avec la facilité et la rapidité avec laquelle l'œil corporel résume en lui-même une immense variété d'objets sans leur matière ; il dépouille ce fan- tôme de toutes ces conditions d'indivi- dua'isation, en exprime et en constitue une conception intentionnelle, universelle, et se la rend intelligible, et se forme l'idée (p. 56). »

La pensée du P. Ventura est exposée d'une manière plus explicite dans le passage suivant, qui se trouve à la page 115 :

« Dès le premier âge, dès l'instant où, au moyen des sens suffisamment développés et affermis, il peut distinguer, connaître les objets extérieurs dans toute leur précision, dans toute leur réalité, l'homme, à l'aide de son intellect actif, commence à se former ces conceptions universelles des choses particulières ; ces idées qui lui tiennent lieu de principes dont il a besoin pour raisonner.

« Il est vrai qu'avant d'avoir complétement appris le langage, l'enfant ne sait énoncer ces principes d'aucune manière, et moins encore, peut-il les formuler lui-même ou les comprendre, lorsqu'ils lui sont proposés dans le langage scientifique ; mais si leur expression lui fait défaut, il n'en a pas moins en lui-même la pensée ; et s'il ne sait pas les articuler par la langue, il ne les a pas moins dans son esprit et ne les réalise pas moins par ses actions.

« Etudiez un enfant de deux ou trois ans dans ses mouvements, voyez ce qu'il fait et comme il le fait, et vous saurez ce qu'il pense. Il fait par exemple une chose pour arriver à une autre ; il caresse sa mère pour en avoir des dragées ; il monte sur une chaise pour saisir un objet haut placé; il refuse la partie du gâteau et trépigne des pieds pour avoir le tout. Il court dans les bras de celui qui lui présente des bonbons et se sauve à l'approche de tout ce qui lui fait peur. Il range sur la même ligne les objets égaux, et un instant après il les confond; il détruit ce qu'il voit dans les objets qui lui tombent sous la main, pour y saisir ce qu'il ne voit pas intérieurement et qui le fait jouer. Il cache dans un endroit une chose pour l'y trouver au besoin; il préfère le nombre à l'unité, le grand au petit; ce qui est doux à ce qui est amer; ce qui est beau à ce qui est laid; ce qui est brillant à ce qui est terne. Il a donc les idées de la cause et de l'effet, du tout et de la partie, de l'être et du non-être, du mouvement et du repos, du temps et du lieu, de la qualité et de la quantité, du visible et de l'invisible, de ce qui est à l'intérieur et de ce qui est à l'extérieur d'une chose, de l'ordre et de la confusion, de l'individu et de l'espèce, du bien et du mal physique, enfin, de la convenance de chercher l'un et d'éviter l'autre. Il a, en un mot, toutes les idées, tous les principes qui sont les conditions indispensables de la raison. Car, à la différence de la brute, qui n'agit que sous l'empire d'un instinct aveugle, l'enfant n'agit que sous l'empire d'une idée. C'est ce qui le distingue de la brute et ce qui trahit en lui l'intellect que la brute n'a pas. »

M. de Bonald aurait-il jamais avancé que l'homme ne reçoit les impressions des objets matériels, ne se représente ces objets, n'éprouve des sensations de plaisir et de douleur que lorsque son intelligence a été développée par l'instruction ? Je défie qu'on cite un passage où il aurait émis une telle absurdité. Lorsqu'il soutient que l'homme ne pense qu'au moyen des expressions, il parle de la pensée et des idées proprement dites, et il savait très-bien que les facultés de l'âme commencent à se développer sous l'empire des sens et par l'impression des objets matériels.

« L'enfant, dit-il (chapitre VIII De l'expression des idées, p. 190), l'enfant a la langue ou le signe de l'imagination, même avant que ses organes soient assez formés pour qu'il ait la langue de la raison ou de l'entendement, c'est-à-dire qu'il a les images des objets que ses yeux lui rapportent, avant de connaître le nom de ces objets ; son père, sa mère sont images pour son esprit : aussi, tant qu'il n'a pas pu apprendre à distinguer les objets par la représentation fréquente des mêmes images, il donne assez indifféremment le nom de maman, de papa à tout homme, à toute femme vêtus à peu près comme son père ou sa mère. Ses besoins, ses plaisirs même, ses douleurs sont pour lui des images, parce qu'il les rapporte aux objets qui sont l'occasion de ses sensations. De là son ardeur à demander ou à saisir les objets à l'occasion desquels il a reçu des sensations agréables, et son empressement à éloigner de lui ceux qui ont été l'occasion de ses douleurs, et qu'il regarde comme la douleur même. Ainsi il s'irrite contre le vase dans lequel on lui a servi une boisson amère, ou contre la pierre qui l'a fait tomber, comme si l'amertume était le vase, ou que le mal qu'il s'est fait en tombant fût la pierre elle-même. Ainsi il embrasse avec ardeur et affection la boîte où il a trouvé quelque chose qui flatte son goût, et il confond la sensation agréable qu'il éprouve avec la boîte qui en a été l'occasion. On voit même que les mères, les nourrices, entrent tout à fait dans ce sentiment, lorsque, pour apaiser un enfant, elles injurient, elles châtient quelquefois devant lui les objets innocents qui ont été l'objet de ses peines. »

On le voit : les actes observés et constatés dans l'enfant par le philosophe sont les mêmes que ceux décrits par le théologien. Sur le fait ils sont d'accord ; ils ne diffèrent que sur la qualification. Ce que

le **P. Ventura** appelle idée, **M. de Bonald**
l'appelle image. Ce que le théologien attribue à l'intellect, le philosophe l'attribue
à l'imagination, à la sensibilité. Cette différence vient de ce que **M. de Bonald** ré-
serve le mot *idée* pour les représentations
mentales des objets intellectuels. Lorsqu'il emploie le mot *penser* dans son ac-
ception large, ordinaire, il n'hésite pas à
dire que l'homme pense sans la parole et
au moyen seulement des images, comme
dans ce passage qu'on lit au même chapitre viii, t. Ier, p. 192 :

« Non-seulement l'homme pense aux
objets matériels par l'impression qu'il en
reçoit actuellement ou qu'il en a reçue,
impression qui est image, odeur ou sa-
veur, etc., selon les organes par lesquels
ces impressions parviennent à son âme, et
les images qu'elles produisent, ou les sensations qu'elles excitent; non seulement
il peut rendre ces impressions par le
geste, le dessin, les mouvements indéli-
bérés : mais il peut réfléchir sur ces impressions, observer les qualités des objets
qui les font naître, en les comparant entre
elles ; c'est-à-dire qu'il peut étudier les
rapports que ces corps ont entre eux ou
avec son propre corps. Or cette faculté de
saisir des rapports, même entre deux objets matériels, réside dans l'entendement
et dans l'imagination, car si l'imagination

voit les corps qui sont extérieurs et font
image, l'entendement pénètre leurs rapports, qui sont immatériels, et ne peuvent
être figurés indépendamment de l'objet. »

Ainsi, de l'aveu de **M.** de Bonald, l'entendement peut être excité, développé par
l'impression que les objets matériels font
sur les organes; l'homme peut réfléchir sur
ces impressions, sur les qualités des corps;
saisir, étudier les rapports que ces corps
ont entre eux ou avec son propre corps,
comparer les objets particuliers, généraliser le particulier, concevoir les notions
ou idées généralisées.

J'appelle l'attention du **P.** Ventura sur
ce passage de **M.** de Bonald; il doit se
convaincre que ce grand philosophe reconnaît que les impressions des objets
corporels excitent, développent, non-seulement les facultés sensitives, mais même
les facultés intellectuelles de l'âme; que
l'entendement une fois excité par ces impressions sensibles, a l'activité nécessaire
pour réfléchir sur les qualités des corps,
les comparer, généraliser le particulier,
concevoir les notions ou idées généralisées.

Mais le **P.** Ventura va plus loin : il ac-
cuse **M.** de Bonald d'avoir refusé toute
vertu active à l'intellect de l'homme, tant
qu'il n'a pas été excité par les impressions que font les corps sur les organes,

d'avoir méconnu l'intellect de l'homme, et
de l'avoir ainsi ravalé jusqu'à la brute, et
de l'avoir anéanti.

Voici le texte, il se trouve à la page
259 :

C'est nous enfin qui avons montré que
sur la question de l'origine des idées, en
combattant Locke et le sensualisme, M.
de Bonald paraît, sans s'en douter certainement, leur avoir donné raison, qu'à
l'exception près que pour Locke les idées
nous arrivent par tous les sens, et que
pour M. de Bonald, elles nous arrivent
seulement par l'ouïe ou par la vue. La
doctrine, quant au fond, est la même, c'est-
à-dire que les sens sont la source unique
de toutes les idées, que pour M. de Bonald comme pour Locke, l'entendement
humain avant d'avoir senti n'est pas seulement table rase, ce qui est vrai, mais
qu'il est privé de toute vertu active, ce qui
est radicalement faux, et que par cela
même M. de Bonald, en méconnaissant l'intellect de l'homme, le ravale jusqu'à la
bête et l'anéantit.

M. de Bonald a-t-il avancé que l'intellect est privé de toute vertu active tant
qu'il n'a pas senti ? Je n'oserais ni le
nier ni l'affirmer. Je suppose qu'il l'ait dit
ou écrit ; cette proposition est-elle fausse
en tous sens ? elle est fausse en ce sens
que, en puissance, l'intellect n'ait pas de

vertu active, l'esprit de l'homme est naturellement actif. Elle est vraie en ce sens
que, en acte, l'intellect n'a aucune activité tant qu'il n'a pas été excité par l'impression que les objets matériels font sur
les organes. Telle est l'opinion non-seulement de Locke, mais de saint Augustin,
de saint Thomas et de tous les hommes
qui ont bien observé l'enfant.

Dieu a donné à l'homme une âme, une
intelligence capable de percevoir la vérité,
de penser, de juger et de raisonner. Toutes ces facultés sont innées en lui, mais
dans l'enfant elles sont assoupies et en-
gourdies, et comme si elles étaient nulles.
Elles ont besoin d'être excitées, éveillées :
ce sont les sensations qui, les premières,
les tirent de leur inertie et excitent l'activité
de notre âme. Cette observation n'a pas
échappé à M. de Bonald : L'homme, dit-il,
juge des objets matériels par l'impression
qu'il en reçoit actuellement ou qu'il en a
reçue. Il en conserve les images, il réfléchit sur ces impressions, observe les qualités des objets qui les font naître, les
compare ; il étudie les rapports que ces
corps ont entre eux et avec le sien. Voilà
les éléments, les germes des notions ou
conceptions générales ; en voilà la première ébauche. M. de Bonald ne pousse
pas les choses au si loin que paraissent le
croire le P. Ventura et M. Alfred Nette-

ment (1). Il ne fait pas commencer les plus
simples opérations de l'intellect seulement au moment où le langage est transmis à l'homme : dans sa théorie les paroles et les expressions ne sont nécessaires que pour féconder les germes, développer les premiers éléments des notions;
il n'est indispensable que pour connaître
le monde spirituel et moral, les êtres particuliers qui le composent et leurs rapports
entre eux et avec l'homme.

« Des actes observés et constatés dans
l'enfant, le P. Ventura en conclut que
l'enfant a des idées, raisonne et agit sous
l'empire de la raison. Il l'a dit dans le
passage cité plus haut, il le répète encore
à la page 279 :

« Dès l'instant que l'enfant a atteint au
développement, à la perfection nécessaires de ses sens pour bien distinguer les
objets extérieurs, il se forme les idées et
les principes, et il commence à raisonner
sur de tels objets. Ce n'est pas sous l'empire de l'instinct, comme la brute, avons-
nous dit ci-dessus, mais c'est sous l'empire
de l'idée qu'un enfant de trois ans opère.
Or, opérer sous l'empire de l'idée, c'est
raisonner. A cet âge l'enfant a donc de vé-
ritables raisonnement, il a la raison. »

(1) *Histoire de la littérature sous la Restaura-
tion.* t. Ier, p. 18.

Ces conclusions ne sont-elles pas un peu hasardées, un peu exagérées? Car on observe les mêmes actes dans un animal, dans un chien, dans un chat. Or l'animal agit sous l'empire de l'instinct. Pourquoi, dans l'enfant, n'attribuerait-on pas ces actes à l'instinct? L'homme est un animal raisonnable : en qualité d'animal, il a un instinct. Il a, il est vrai, de plus que l'animal une âme capable de connaître la vérité, de penser, de juger et de raisonner. Mais il ne faut pas confondre les opérations sensitives de l'âme avec les opérations intellectuelles. Les premières se font dans notre âme à la présence de certains objets; on les appelle sensations. Les secondes sont la conception, le jugement, le raisonnement. Les actes signalés dans l'enfant sont des opérations sensitives. Partout où nous ressentons ou imaginons le plaisir ou la douleur, nous sommes attirés ou rebutés. Tous les plaisirs aussi bien que toutes les douleurs causent en nous des appétits ou des répugnances, où la *raison* n'a aucune part (1).

Aussi pour bien comprendre la pensée du P. Ventura, pour réduire ses expressions à leur juste valeur, il faut achever la lecture du passage.

Et cependant on ne le (l'enfant) consi-

(1) Bossuet, *Introduction à la Philosophie.*

dère que comme l'homme ne raisonnant pas encore, n'ayant pas encore la raison. Pourquoi cela? Parce qu'à cet âge, la révélation domestique n'ayant pu lui faire connaître assez distinctement les objets du monde spirituel et moral, Dieu, l'âme, la vertu, le vice, pour qu'il puisse s'en former les idées et en raisonner, il ne raisonne pas, il ne peut pas raisonner des choses d'un tel monde. Et, comme dans le langage humain, expression fidèle de la philosophie de la nature, raisonner c'est particulièrement discourir dans un tel monde, ce qu'un enfant de trois ans ne fait point encore et ne peut pas faire, on dit, il ne raisonne pas, il n'a pas la raison. — Tant il est vrai que les deux mondes sont séparables, sont réellement distincts : et que de ce que l'on raisonne bien par rapport aux choses matérielles, il ne s'ensuit pas qu'on peut raisonner ainsi par rapport aux choses de l'ordre spirituel et moral.

Cette observation nous amène au second objet de notre comparaison : les idées proprement dites.

§ 2. *Des idées proprement dites.*

M. de Bonald n'a jamais écrit que l'homme eût besoin de la parole et de l'instruction antérieure pour recevoir les impressions des objets matériels et les représenter, y penser, y réfléchir, en comparer les qualités, les propriétés.

Quels sont donc les objets à l'égard desquels ce philosophe exige la parole et l'instruction extérieure? Ce sont les idées proprement dites, c'est-à-dire la représentation mentale des objets du monde spirituel. Ecoutons-le :

« Comme nous ne pouvons rien imaginer, c'est-à-dire nous former des images d'aucun objet que par les impressions que les corps extérieurs font sur nos organes, aussi nous ne pouvons rien *idéer*, si l'on me permet cette expression, je veux dire avoir des idées présentes des choses qui ne tombent sous les sens qu'à l'aide des expressions que nous recevons du dehors par la parole ouïe ou lue (*Recherches*, ch. VIII, t. III, pag. 183). »

Je pourrais multiplier les citations, mais je le crois inutile.

Sur ce point capital, le P. Ventura est parfaitement d'accord avec M. de Bonald. Entendons-le :

Pag. 116. — Qu'on le remarque bien, tant que l'enfant est livré à lui-même, qu'on ne l'instruit d'aucune manière, qu'on ne lui apprend pas le langage des mots ou des signes, et que par la langue ou avec la langue on ne lui révèle pas l'existence d'un monde spirituel, moral, invisible, il peut bien se former des idées

ou les conceptions universelles , au fur et
à mesure qu'il connaît les objets particuliers, car pour accomplir cette noble et
sublime fonction, son intellect n'a pas
besoin d'instruction, il n'a besoin que
des sens et de lui-même. Mais, observez-
le bien, ces idées ne se rapportent qu'au
monde corporel, matériel, visible ; et ce
n'est que dans ce monde qu'il en use,
qu'il les fait jouer, qu'il y conforme ses
mouvements et ses opérations. Ce n'est
qu'après que l'instruction domestique lui
a découvert le monde des esprits et des
devoirs qu'il en prend connaissance,
qu'il transporte, qu'il applique aux objets
de ce nouveau monde, à leur manière
d'exister, à leurs rapports du bien et du
mal moral, les idées qu'il s'est formées,
celles qu'il possède déjà sur les objets du
monde des corps. Ce n'est qu'après
qu'on lui a fait connaître ce monde spirituel, qu'il est en état de s'y promener par
son esprit, d'en discourir, d'en raisonner ;
ce n'est qu'alors que sa raison est la raison en effet. Avant cette époque, l'enfant
n'ayant pas la raison complète, la raison
formée, la raison raisonnante, on ne lui
impute aucune culpabilité : que voulez-
vous, dit-on, il n'a point encore l'usage de
la raison.

Plus loin, page 119 : « Comme il est impossible que l'intellect se forme la con-

ception générale, l'idée de la quiddité de la nature d'une chose corporelle, à moins qu'il n'en ait présent le fantôme ou l'image, de même il est impossible que l'intellect se forme la conception générale, l'idée de la *quiddité* de la nature d'une chose spirituelle ou morale, à moins qu'il n'en ait présent le particulier.

« Or, comme le fantôme ou l'image des choses corporelles n'est fourni à l'intellect que par les sens, de même le particulier des choses spirituelles et morales ne lui est fourni que par l'enseignement. Comme donc il n'y a pas de fantôme de la chose corporelle sans la sensation, de même il n'y a pas de particulier par rapport à la chose incorporelle sans l'instruction. »

Le P. Ventura consacre les 20 et 21es paragraphes du troisième chapitre de son ouvrage à l'exposition et à la preuve de l'impossibilité où est l'homme de se former aucune notion des choses de l'ordre spirituel et moral avant que cet ordre lui soit révélé. Sa première preuve est tirée de la condition de l'esprit humain dans cette vie; la seconde est prise de la nature de ces objets.

Je ne dois pas dissimuler la nuance qui distingue l'opinion du P. Ventura de la théorie de M. de Bonald sur l'origine des vérités religieuses et morales. Selon le philosophe, l'entendement de l'enfant n'est

pas une table rase; il renferme des idées
à l'état de germe, à l'état latent. La parole
féconde ces germes, appelle l'attention
sur ces idées latentes. L'idée est innée,
son expression est acquise.

Fidèle au système d'Aristote et de saint
Thomas, le théologien n'admet pas l'existence d'idées quelconques dans l'entendement de l'enfant. Cet entendement est
une table rase sur laquelle il n'y a rien de
gravé (pag. 55). L'instruction n'éveille pas,
n'excite pas seulement les connaissances
religieuses et morales, elle les introduit
dans l'esprit de l'enfant.

C'est là une question secondaire. Le
théologien est d'accord avec le philosophe
sur le point capital, l'impossibilité pour
l'homme de connaître les choses de l'ordre
spirituel et moral, autrement que par l'enseignement.

Le P. Ventura n'a-t-il pas modifié à cet
égard la doctrine de son maître. Il soutient
que saint Thomas suppose la nécessité de
la révélation domestique pour connaître
l'existence de Dieu. Ce n'est pas ainsi
qu'on entend communément le chapitre
IV de la *Somme contre les Gentils*, et les
autres endroits où le docteur Angélique
examine si l'on peut connaître Dieu au
moyen de la raison : il décide que cela
n'est pas absolument impossible à un petit
nombre d'hommes, après de longues et

pénibles recherches. On croit que saint Thomas suppose que ces hommes n'ont jamais entendu parler de Dieu. Je laisse à des personnes plus habiles que moi le soin de discuter et résoudre cette question, et je passe aux notions ou conceptions générales (§ 27, p. 172).

§ 3. *Des notions.*

On doit se rappeler que le P. Ventura reconnaît à l'enfant dont les sens ont atteint leur parfait développement, la faculté de se former des idées des choses matérielles avant toute instruction extérieure et par la seule puissance de l'intellect agissant.

A la page 328, il expose son opinion de la manière la plus explicite.

« La belle doctrine de saint Thomas attribue à l'esprit humain la sublime faculté d'engendrer en lui-même, par une opération *ad intra*, son propre fils, son verbe, sa pensée, en se formant lui-même les idées. Cette belle doctrine ne se trouve nulle part et n'est suivie par personne en dehors de l'école traditionaliste ; c'est nous, et nous seulement, quoi qu'on en dise, qui admettons que l'homme pense sans mots, et que son verbe mental est d'abord indépendant de son expression, comme le Verbe de Dieu a existé de toute éternité, indépendamment de son incarnation. Pour nous, la parole n'est nécessaire que pour *formuler extérieurement* l'idée ou la conception universelle, et non pour la former ; pour *parler*, et non pour *penser*. Une conception universelle ou l'idée, ne trouvant rien d'équivalent dans la nature sensible, où tout est particulier, a besoin d'être représentée, exprimée par les mots. C'est par les mots que les idées ont cours parmi les hommes. Pour nous, la parole n'est que la monnaie des idées. »

Le P. Ventura se trompe, quand il avance que cette belle doctrine ne se trouve nulle part et n'est suivie par personne en dehors de l'école traditionaliste. Elle se trouve dans les écrits de Descartes, elle est suivie par tous les Carthésiens et par tous les Rationalistes. Tous soutiennent que dans tous les hommes la pensée est spontanée. C'est le principe fondamental du Carthésianisme et du Rationalisme. Au contraire, les Traditionalistes tiennent que la pensée a besoin d'être excitée d'abord par les sensations, puis par l'instruction. Telle est la doctrine de M. de Bonald.

« L'homme, dit-il (*Recherches*, chapitre VIII, tome III, page 192, édition de M. Migne), l'homme *pense* aux objets matériels *par l'impression* qu'il en reçoit actuellement ou qu'il en a reçue... Non-seulement il peut rendre ces impressions par

le geste, le dessin, les mouvements in-
délibérés, mais il peut *réfléchir* sur ces
impressions, observer les qualités des objets qui les font naître et les comparer entre elles. »

M. de Bonald reconnaît donc que l'homme, sans la parole et avant toute instruction, peut penser aux objets matériels dès
que son intelligence a été excitée par
l'impression que les corps font sur les
organes ; il ne mérite donc pas le reproche que lui fait le P. Ventura. Il ne prétend pas d'une manière absolue que
l'homme ne peut penser sans la parole,
sans expressions ; mais dans cet état, c'est-
à-dire sans la parole, sans expressions,
l'homme peut-il former, même intérieurement, les notions ou conceptions générales, universelles ? M. de Bonald ne le
croit pas. C'est dans le langage de l'entendement ou par la parole, que l'homme
a exprimé les objets, même figurables, et
les rapports qu'ils ont entre eux et avec
lui.

Laissons-le parler :

« Comme l'entendement tend toujours
à généraliser, il simplifie en traduisant
dans sa langue, les signes de l'imagination
ou les images, et il nomme d'un seul mot
toutes les parties dont un corps est composé, tous les individus d'une espèce, toutes les espèces d'un genre, et même la

collection entière des individus, des genres et des espèces.»(*Recherches philosophiques*, chap. VIII, page 194, tome III, édition de M. Migne.)

Sur ce point, M. de Bonald est plus exact : c'est ainsi qu'en a pensé un auteur qu'on n'accusera pas d'avoir déprimé la valeur ou plutôt la puissance de la raison humaine, le P. Chastel.

Voici comment il s'exprime à la page 95 :

« Nous sommes loin, très-loin de méconnaître l'importance du langage, non-seulement pour l'échange de nos pensées avec nos semblables, mais pour les opérations les plus solitaires de notre esprit. Nous pouvons à la vue d'un objet sensible en concevoir l'idée; nous pouvons conserver cette idée et la rappeler au besoin à notre souvenir : là n'est pas la nécessité des mots ou des signes : mais lorsqu'il s'agit d'abstraire les qualités diverses des choses, de les considérer à part et indépendamment des objets perçus, de comparer ces objets, de recueillir leurs ressemblances et leurs différences, leurs innombrables rapports et tous ces phénomènes de causes et d'effets; lorsqu'il s'agit de combiner à l'infini ces rapports et ces phénomènes, et de former d'une manière quelconque des idées abstraites, générales, insensibles; lorsqu'il s'agit surtout de conserver et de fixer sous le regard de l'esprit ces idées si mobiles et si fugitives ; de les préciser et de les classer pour empêcher qu'elles ne s'effacent ou qu'elles ne se confondent, pour être en état de les rappeler à volonté, de manière que chacune d'elles se présente toujours la même et sous le même aspect : alors on sent de quel secours, de quelle *nécessité* sont les mots et les expressions ; sans un signe particulier attaché à chaque idée, en quelque sorte comme une étiquette pour la déterminer et la caractériser, tout ce monde d'idées subtiles, légères, indécises, flotterait dans l'esprit, tourbillonnerait, s'évanouirait comme les atomes dans l'espace. »

En résumé, les impressions des objets matériels fournissent à l'entendement les éléments nécessaires à la production des notions, déposent dans l'âme les germes des notions : mais la parole est nécessaire pour féconder ces germes, développer ces éléments, pour former les notions. L'activité de l'esprit humain ne suffit pas ; sans la parole, sans les expressions, l'entendement échouerait dans ce travail.

Il est bien entendu qu'il n'est question que de la conception générale des objets matériels. Une autre condition est indispensable à la formation des conceptions générales des objets, qui appartiennent au monde spirituel et moral : c'est que la connaissance des êtres particuliers de ce monde soit fournie à l'intelligence par l'instruction.

Le système du P. Ventura, ou plutôt les expressions au moyen desquelles il l'a formulé, prête encore à la critique sous un autre rapport.

Pour le comprendre il faut mettre sous les yeux du lecteur un passage qui se trouve à la page 281 :

« Pour nous, l'homme a naturellement, c'est-à-dire l'homme se forme lui-même, préalablement à toute instruction, par son intellect agissant, l'idée de cause et d'effet ; il a de plus, par le même procédé, le principe : il n'y a pas d'effet sans cause. Pour nous il a, dans l'ordre matériel, qui lui est connu par les sens, cette idée et ce principe dès son enfance, ainsi qu'il le donne à voir par tout ce qu'il dit, par tout ce qu'il fait, et il en tire les conséquences. »

Voici l'objection que l'on peut faire, que l'on a faite au savant théologien.

Vous reconnaissez, vous dites bien haut, qu'avant toute instruction, par l'intellect agissant, dès son enfance, l'homme a les idées de cause et d'effet et le principe « il n'y a pas d'effet sans cause, » qu'il tire les conséquences nécessaires de ce principe. Et vous soutenez qu'avant que l'instruction lui ait révélé l'existence de

Dieu, l'homme est dans l'impossibilité de connaître cette grande vérité. Quelle inconséquence ! L'existence de Dieu, de la cause première, n'est-elle pas la conséquence du principe : point d'effet sans cause? Quoi ! l'homme a le principe (il n'y a pas d'effet sans cause), il voit l'effet, le monde, et il ne peut pas en conclure qu'il existe une cause première !

Saint Paul, saint Thomas, toutes les écoles catholiques ont enseigné qu'à la vue du monde et de ses merveilles, l'homme s'élève naturellement, nécessairement à la connaissance de l'existence de Dieu.

Ou reconnaissez avec saint Thomas, qu'il n'est pas absolument impossible au philosophe de s'élever par le raisonnement à la connaissance de l'existence de Dieu, ou cessez de soutenir qu'avant toute instruction, par l'intellect agissant, dès son enfance, il a ce principe : il n'y a point d'effet sans cause.

Cette objection est embarrassante; le P. Ventura y a répondu (page 279).

« Cette objection n'est fondée que sur des sophismes : elle suppose d'abord, que l'homme peut appliquer ses idées et ses principes à un ordre quelconque de choses, avant d'en connaître l'existence, ce qui est contraire à ce grand axiome d'Aristote admis par toutes les écoles et par le semi-rationalisme lui-même : Que

toute doctrine, ou toute science ration -
nelle est fondée sur une connaissance
qui la précède : *Omnis doctrina omnis-
que rationalis scientia in antecedente co-
gnitione fundatur*. (Analyt. 1. i.) C'est-à-
dire, qu'on ne peut raisonner sans principes et qu'on ne peut appliquer les principes et les raisonnements qu'à un ordre
de choses préalablement connues.

« L'objection suppose en second lieu,
qu'il existe entre le monde matériel et
le monde spirituel de telles équations et
de tels rapports, que tout homme peut
s'élever par lui-même de la connaissance
du premier de ces mondes à celle de
l'autre : équations et rapports, qui, d'après
saint Thomas, n'existent pas entre ces
deux mondes (voir p. 132) : or, dire que
l'homme peut bien se former par lui-même
les idées et les principes, mais qu'il ne
peut pas arriver par la même voie aux
vérités de l'ordre religieux et moral, c'est
dire en d'autres termes, que comme
l'homme ne peut pas par lui-même appliquer ses idées et ses principes à l'ordre matériel, avant que cet ordre lui ait
été révélé par ses sens, de même, il ne
peut pas appliquer ses idées et ses principes à l'ordre spirituel et moral, avant
que cet ordre lui ait été révélé par l'instruction. C'est donc éviter les deux sophismes indiqués, c'est être logique. »

Quelle que soit la valeur de cette réponse, n'eût-il pas été plus prudent de ne pas presser le flanc à l'objection : on eût été en même temps plus exact: M. de Bonald a cette supériorité sur le P. Ventura.

Un grand philosophe, un philosophe chrétien avait été attaqué ; il n'existe plus pour se défendre ; je me suis chargé de sa cause, la défense est de droit légitime, je crois y avoir apporté les ménagements, les égards, le respect que commandent la personne, le caractère, les talents, la réputation de l'agresseur ; j'ai été dans la nécessité de relever quelques inexactitudes, de redresser quelques erreurs ; le P. Ventura m'excusera, j'en ai la confiance : j'espère trouver la même indulgence dans ses amis et dans ses admirateurs.

DEUXIÈME PARTIE.

Discussion et réfutation des objections du P. Chastel.

Le P. Chastel convient que la parole et l'instruction sont les moyens ordinaires par lesquels l'intelligence se développe et reçoit la connaissance des vérités religieuses et morales, mais il nie que ce moyen soit nécessaire. Il soutient que la pensée se développe spontanément dans l'homme, même dans l'enfant : il a composé un gros volume pour défendre cette thèse et combattre la théorie de **M.** de Bonald. Je n'ai pas l'intention de suivre l'auteur dans tous ses développements, dans toutes ses hypothèses. Cette discussion m'entraînerait trop loin. Je me bornerai à discuter les principales objections du nouveau Condillac : j'aurai soin de les citer textuellement afin de ne pas être accusé de les avoir affaiblies.

Première objection, p. 172.

« Une considération se présente contre le nouveau système et l'arrête tout d'abord, c'est précisément sa nouveauté. Le traditionalisme est un système nouveau : grave motif d'une légitime défiance. Ch. v, § 2, p. 172-173.

« Assurément il n'est pas défendu de faire des découvertes en philosophie, comme dans toutes les branches des connaissances humaines : le génie peut dans cette science comme dans les autres se tracer des voies nouvelles tout en restant dans les limites du vrai.

« Mais toutes les fois qu'un auteur ou une école s'annonce comme apportant au monde non plus seulement des aperçus, des idées nouvelles sur un sujet approfondi par les savants dans tous les siècles, mais un nouveau système complet, radical, inconnu à tous les penseurs qui nous ont précédés, etc., nous disons qu'un tel système doit être soumis à un sévère examen et que chacun est en droit de lui demander ses titres. »

La question de l'origine des idées avait été, il est vrai, approfondie par tous les savants de tous les siècles, mais aucun d'eux n'avait encore trouvé une explication qui ait réuni tous les suffrages. Les écoles de philosophie étaient encore partagées entre le système des idées innées et celui des sensations transformées. Dans cet état des esprits M. de Bonald pouvait, sans témérité, proposer une théorie qui paraît de nature à concilier les esprits, puisqu'elle prend dans les anciens systèmes ce qu'ils contiennent de vrai. D'ailleurs, l'auteur a produit les preuves de son système, et ses disciples ne redoutent pas un examen même sévère.

« Le système traditionaliste, ajoute le P. Chastel, ne prétend pas seulement donner à toutes nos connaissances une autre origine, une autre règle : il veut changer le point de départ de toute la polémique chrétienne et convaincre les méthodes suivies par tous les siècles d'impuissance ou de danger pour la religion. » *Ibid.*

Reprenons un à un ces différents griefs.

1° Le Traditionalisme prétend donner à

nos connaissances une autre origine, une autre règle.

Une autre origine : le Traditionalisme place l'origine des connaissances en Dieu qui les a manifestées par la raison et la révélation.

Une autre règle : le Traditionalisme propose comme règle le sens commun, la raison commune. Loin d'exclure par là les règles enseignées par la logique, il les admet nécessairement, puisqu'elles sont appuyées sur l'adhésion générale.

2° Ce système vient changer le point de départ de toute la polémique chrétienne.

Le Traditionalisme combat cette polémique qui s'était introduite à la suite d'une philosophie fausse, vaine, qui minait la théologie.

M. de Bonald, et son école, respecte les méthodes suivies par tous les siècles et consacrés ainsi par l'assentiment général.

Il signale l'impuissance et le danger des systèmes et surtout ce que ces systèmes ont d'exclusif et par conséquent de faux.

« Ce système, dit encore le P. Chastel, a une immense portée, de l'aveu de ses propres défenseurs, et son importance seule peut expliquer leur zèle à le défendre et à le propager. »

Cette assertion est parfaitement vraie ; assurément les partisans de la théorie de

M. Bonald n'ont pas la témérité de le donner pour fondement à la religion, ils savent qu'elle a un fondement plus solide :
elle est fondée sur des faits incontestables : mais ils sont intimement convaincus
que cette théorie est favorable à la religion.
Si je n'avais pas cette conviction, je n'aurais pas pris la plume pour la défendre.

« Les Traditionalistes s'indignent quelquefois contre le reproche de nouveauté ;
nous concevons le motif de cette indignation, remarque le P. Chastel, les innovations en fait de doctrine sont toujours suspectes. »

Rien de plus vrai que cette observation.
Aussi les disciples de M. Bonald sont heureux d'avoir trouvé le germe de la théorie de leur maître dans ce passage de
saint Augustin (*Confessions*, livre X,
ch. x) : « Ces choses étaient donc dans mon
« esprit avant que je les eusse apprises,
« mais tellement à l'écart, et comme en
« foncées dans des antres si profonds, que
« si quelque autre ne m'eût averti de les
« en tirer, je n'en aurais peut-être jamais
« eu la pensée. »

La théorie de M. de Bonald n'est que le
développement de cette pensée du grand
évêque d'Hippone.

« L'idée est innée, dit en effet M. de
Bonald, son expression est acquise. Si
l'idée ne précédait pas dans l'esprit l'ex-

pression, jamais on ne pourrait nous faire comprendre le sens des mots. L'idée existe avant le mot qui la rend présente. D'un côté l'expression est acquise puisque nous apprenons à parler, mais cette expression, tout acquise ou adventice qu'elle est, est absolument nécessaire à la représentation même mentale de l'idée.» (*Recherches philosophiques*, ch. viii, t. III, pag. 196, éd. de M. Migne.)

La théorie de M. de Bonald est donc empruntée à saint Augustin, comme le congruisme est emprunté à une phrase de ce grand docteur qui se trouve dans la Lettre à Simplicien (1). Appuyé sur cette autorité, Suarez a substitué son système à celui de saint Thomas, pourquoi M. de Bonald n'aurait-il pas pu, sur la même autorité, substituer son système à ceux d'Aristote et de Platon ?

Seconde objection, pag. 174.

« Ils (les Traditionalistes) ont interrogé ce passé, ils y ont cherché des ancêtres. Quels ancêtres ont-ils trouvés? Ils peuvent citer jusqu'à quatre ou cinq esprits excessifs

---

(1) Le terme de grâce *congrue* est emprunté à saint Augustin, Lettre Iʳᵉ à Simplicien, quest. 2, n° 13, où le saint docteur dit : *Illi electi qui congruenter vocati : cujus miseretur Deus, sic eum vocat, quomodo scit ei congruere, ut vocantem non respuat.* (BERGIER, *Dict. Théol.* au mot *Congruisme.*)

qui ont passé leur vie à déprimer la raison humaine, et ont prétendu qu'elle n'of-
frait aucune certitude, sans le secours de
la révélation. Tels furent à des degrés divers Montaigne, Charron, Lamothe Le
Vayer, Huet et trop souvent Pascal. Mais
outre que ces quelques esprits exceptionnels furent désavoués et délaissés par tout
ce qu'il y a eu de penseurs catholiques,
il est à remarquer que leur système révé-
lationiste et supernaturaliste ne ressem-
blait en rien au système de l'Ecole actuelle.
Ces esprits désespérés disaient la raison
humaine trop faible avec ses idées et ses
connaissances telles qu'elle les obtient
naturellement pour fonder une vraie certitude par elle seule, sans la révélation ;
mais au moins ils lui accordaient en propre des idées et des connaissances. Il s'a-
gissait pour eux non de l'origine des connaissances humaines, mais de leur certitude. Mais la nouvelle école formule ainsi
le dogme qu'elle présente au monde :
L'homme n'a de connaissances et surtout
de connaissances morales et religieuses
que par l'enseignement social, traditionnel, primitivement révélé ; elle enseigne
ce que jamais personne n'avait dit ni
pensé : elle enseigne une nouveauté. »
(t. I, pag. 174.)

RÉPONSE.

Lorsque l'*Essai sur l'Indifférence en ma-*

tière de religion a paru, on prétendit que
l'auteur renouvelait le système des ultra-
révélationistes. M. de Lamennais et ses
disciples s'empressèrent de signaler les différences qui les séparaient de ce système :
la question n'était pas la même. Entre les
philosophes cités plus haut, il s'agissait
de savoir quelle était la puissance de la
raison naturelle considérée relativement à
la révélation surnaturelle : pour faire ressortir le besoin de cette révélation, Montaigne et Pascal ont peut-être exagéré la
faiblesse de l'intelligence humaine. Entre
MM. de Bonald et Lamennais il s'agissait
de fixer les droits de la raison individuelle
à l'égard de la raison générale. Les Rationalistes avaient proclamé l'indépendance
de la raison individuelle. MM. de Bonald et
Lamennais combattirent cette erreur et
réclamèrent la prépondérance, la souveraineté pour la raison générale. Il est
possible qu'en combattant un excès, ils
soient tombés dans l'excès opposé, et exagéré la faiblesse de la raison individuelle ;
quoi qu'il en soit, cette certitude qu'ils
refusent à la raison individuelle, ils l'ac-
cordent à la raison commune. L'origine des
connaissances humaines n'est pour eux
qu'une question secondaire, très-impor-
tante parce que sa solution influe beaucoup sur la première. Ont-ils formulé leur
système d'une manière aussi absolue que

le prétend le **P. Chastel** ? Distinguons d'abord entre les connaissances profanes et les connaissances religieuses et morales.

Quant aux premières, je défie qu'on me cite un passage de **M. de Bonald** et de **M. de Lamennais**, où ils aient avancé que l'homme n'arrive à cet ordre de connaissances que par l'enseignement social, traditionnel, primitivement révélé. Les sciences profanes sont le produit du travail de l'esprit humain sur les éléments qui lui sont fournis par les sens, l'observation et l'expérience. **M. de Bonald** a écrit, il est vrai, qu'un homme dont l'esprit n'aurait pas été développé par l'instruction, qui serait privé des secours d'une langue déjà formée et des méthodes inventées par la société, ne ferait que des progrès très-lents ou même ne ferait aucun progrès dans les connaissances profanes, mais sur ce point, tout homme impartial sera de son avis.

Venons aux connaissances religieuses et morales : Dans les commencements de la discussion, les Traditionalistes et **M. de Bonald** ont pu penser et écrire que l'homme n'a de connaissances religieuses et morales, que par l'enseignement social traditionnel, primitivement révélé.

Mais ils n'ont pas tardé à expliquer ce qu'ils entendaient par révélation ; ils ont déclaré qu'ils n'entendaient pas parler de .a révélation surnaturelle, mais d'une révélation naturelle constitutive de la raison (1).

Ils reconnurent que si l'homme ne peut découvrir ces vérités, il peut les démontrer ; que les preuves que la philosophie donne des vérités de l'ordre naturel, produisent la conviction, et que l'impression que ces raisonnements ont faite sur tous les esprits dans tous les temps et dans tous les siècles, est une preuve péremptoire de la bonté du raisonnement, de la légitimité de la conclusion et de la vérité de la conséquence (2). Depuis le concile d'Amiens et les décisions émanées de Rome, cette formule doit être modifiée ou expliquée.

S'agit-il d'un homme dont l'intelligence n'a pas été développée ni par les sens ni l'instruction domestique, dans lequel les idées n'ont pas été éveillées ou déposées ? on peut encore soutenir que cet homme est dans l'impossibilité absolue de s'élever par lui-même à la connaissance de l'existence de Dieu et de la loi naturelle.

Cet homme n'a pas l'usage de la raison.

Entend-on parler d'un homme dont l'intelligence a été développée et éclairée par un commencement d'instruction ? il est

(1) *Correspondant*, t. X, 3ᵉ année, viiiᵉ livre, 25 avril 1848, p. 189.

(2) *Essai sur l'Indifférence*, t. II, ch. xiv, p. 55. Paris, 1820.

téméraire de soutenir que cet individu
est dans une impossibilité absolue de parvenir par lui-même à la connaissance des
principales vérités de l'ordre naturel.

Troisième objection (p. 140-141).

D'après la nouvelle doctrine, telle que
la propose M. de Bonald, et que la pro-
fessent généralement les Traditionalistes,
la vérité venant de l'enseignement social
d'abord à l'enfant ou plus tard à l'homme,
est reçue de confiance, de même qu'elle
est enseignée d'autorité. Elle est proposée
à sa foi, et non à son raisonnement, et ce
n'est que sur les données de la foi que la
raison pourra ensuite s'exercer. Dans le
nouveau système, la foi précède donc la
raison, elle en est le fondement et la règle :
c'est ce que M. de Bonald reconnaît formellement : « L'autorité dans l'homme forme
sa raison en éclairant l'esprit par la connaissance de la vérité ; l'autorité a mis
dans la société le germe de la civilisation
en fixant et rendant publique la connaissance de la vérité : vérité révélée à la
première famille et transmise au commencement par la parole de génération en
génération. » Et ailleurs : « Pour toute connaissance, même profane, la foi précède la
raison pour la former, et la raison suit la
foi pour l'affermir. » Même maxime dans les
Recherches philosophiques : « Il ne faut donc

pas commencer l'étude de la philosophie morale par dire : je doute ; mais il est au contraire raisonnable, il est nécessaire, il est surtout philosophique de commencer l'étude de la philosophie morale par dire, je crois. Il faut commencer par croire quelque chose, si l'on veut savoir quelque chose ; car si, dans les choses physiques, savoir est voir et toucher, savoir, en morale, est croire ce qu'on ne peut saisir par le rapport des sens. Ainsi il faut croire sur la foi du genre humain les vérités universelles. »

RÉPONSE.

Il y a dans ces passages des expressions qui auraient dû avertir le P. Chastel que M. de Bonald n'entendait pas parler de la foi théologique, surnaturelle, mais de la foi naturelle, philosophique, comme on l'a souvent expliqué depuis (1). Par foi philosophique, on entend l'adhésion que nous donnons aux vérités premières, aux premiers principes avant toute démonstration. On appelle foi naturelle l'adhésion de l'enfant aux propositions qui lui sont enseignées par ses parents, par ses maîtres.

On appelle encore foi naturelle l'adhésion que l'homme donne à un axiome, à

(1) GRATRY, *De la connaissance de Dieu*, iie partie, ch. 3.

une proposition, à une vérité, sur l'autorité du consentement général du genre
humain.

Ainsi expliquées, les assertions de
M. de Bonald sont évidentes : c'est l'autorité des parents, des maîtres qui forme la
raison, c'est-à-dire l'intelligence de l'enfant, en éclairant son esprit par la connaissance de la vérité.

« Pour toute connaissance, même profane,
la foi précède la raison pour la former, »
c'est-à-dire l'adhésion aux vérités premières, aux axiomes ; éclaire, développe
l'intelligence, lui fournit les éléments et
les règles du raisonnement : il faut avoir
la connaissance des vérités premières, y
adhérer, avant de raisonner et pour être
capable de raisonner.

« La raison suit la foi pour l'affermir. »

Le raisonnement démontre, explique
des vérités que l'on avait d'abord admises
avant tout examen.

« Il ne faut donc pas commencer l'étude
de la philosophie par dire, je doute. »

Le doute est permis et prudent à l'égard
des opinions, des systèmes ; il est ridicule
à l'égard des axiomes et des vérités qui
nous sont fournies par nos facultés naturelles et qui ont obtenu l'adhésion générale du genre humain. Poussé à cet excès,
le doute rend toute certitude impossible
et conduit au scepticisme absolu.

« Il est raisonnable, il est nécessaire, il est surtout philosophique de commencer par croire. »

Il est raisonnable, il est nécessaire et philosophique d'adhérer avant toute démonstration, indépendamment de toute démonstration, aux vérités premières sur le témoignage de nos facultés naturelles ; à notre existence, sur le témoignage du sens intime ; à l'existence des autres hommes, des corps, sur le témoignage de nos sens ; aux axiomes, aux premiers principes, sur le témoignage de l'entendement ; à l'existence des faits, des corps que nous ne pouvons pas voir, sur le témoignage des hommes.

Les vérités premières ne sont pas susceptibles de démonstration : il est impossible de démontrer rigoureusement la véracité de nos facultés naturelles (1).

L'enfant doit admettre de confiance, sans examen, sans preuve, les premiers éléments des connaissances humaines et de toutes les sciences sur l'autorité de ses parents et de ses maîtres, autrement il lui est impossible de rien apprendre. *Oportet discentes credere*, a dit saint Augustin bien avant M. de Bonald.

« L'autorité a mis dans la société le germe de la civilisation, en fixant et rendant

____

(1) REID, *Essai* VI, ch. V, t. V, p. 112.

publique la connaissance de la vérité, vérité révélée à la première famille et transmise au commencement par la parole de génération en génération. »

Les vérités religieuses et morales transmises par la tradition depuis le commencement sont de deux ordres : les unes sont naturelles, les autres surnaturelles. Toutes émanent de Dieu, toutes ont été manifestées de Dieu au premier homme. Les premières ont été infuses dans Adam, pour me servir de l'expression consacrée par la théologie, les secondes ont été révélées.

Adam a transmis les premières comme les secondes à ses enfants par le moyen de la parole.

Dans l'ordre logique, les premières précèdent les secondes ; il faut savoir que Dieu existe, qu'il est bon et vrai, avant de croire à la révélation et ce qu'enseigne la révélation.

Les vérités du premier ordre éclairent l'intelligence, constituent la raison dans le sens objectif du mot. Evidemment, la raison précède la foi.

Les vérités de l'ordre naturel sont en général claires, évidentes ; elles ont une telle proportion avec notre entendement et notre nature, que, dès qu'elles nous sont proposées, nous y adhérons : l'évidence nécessite, force notre assentiment.

Nous y adhérons, nous en avons eu la certitude, avant de savoir qu'elles ont obtenu l'assentiment général, avant de savoir qu'elles émanent de Dieu. Tous les disciples de M. de Bonald, tous les Traditionalistes adopteront le moyen que leur propose le P. Chastel pour se séparer du système qu'on a attribué à M. de Lamennais. « Tous diront que l'homme ne commence pas par la foi (foi surnaturelle, bien entendu), quand il commence par l'enseignement ; que si l'enseignement ou la parole est le moyen et l'occasion nécessaires pour que l'esprit aperçoive la vérité, il accepte cette vérité, non point par une confiance spontanée au témoignage et à l'enseignement, mais uniquement parce qu'il la voit, parce qu'il en a la perception. Suivant cette explication, le motif de certitude n'est plus pour lui l'autorité ou la parole enseignante, mais la perception et l'évidence de la vérité. Quand la parole lui propose le vrai, il le voit et y adhère ; quand on lui propose le faux, il le rejette, ou plutôt il s'abstient, uniquement parce qu'il ne voit pas et ne peut pas voir. Pour que les choses puissent se passer ainsi, il suffit qu'il y ait dans l'âme de l'enfant une rectitude naturelle, une aptitude qui le rende sympathique au vrai et seulement au vrai. » (Page 142.)

Mais, de son côté, le P. Chastel devra

reconnaître la justesse des observations suivantes :

1° Si l'autorité ne donne pas la certitude, elle l'augmente et la fortifie. Un homme a la certitude d'une vérité à laquelle il adhère sur l'autorité de l'évidence ; mais la certitude augmente pour lui lorsqu'il voit que son adhésion est partagée par les autres hommes. Cet assentiment n'est pas le seul motif de certitude, mais c'est le plus fort.

2° L'autorité est un excellent moyen de distinguer la vérité de l'erreur.

Les parents, les maîtres peuvent proposer l'erreur à leur enfant. Celui-ci admettra quelquefois le faux comme le vrai sur l'autorité de ses parents et de ses maîtres, mais il reconnaîtra qu'il a été induit en erreur lorsque, venant à comparer l'enseignement particulier de ses parents et de ses maîtres, il reconnaîtra qu'il n'est pas conforme à l'enseignement général de la société.

Ces deux observations s'appliquent aux connaissances profanes comme aux vérités religieuses et morales.

Quatrième objection (pag. 148).

« Le Traditionalisme conduit naturellement au Lamennisme, et trop souvent s'identifie avec lui. Pour s'en convaincre, il suffit de constater son identité sur quelques points.

« 1° La raison dit que l'homme ne doit admettre comme certaine aucune vérité qu'il n'ait examiné les motifs de la croire ou de la rejeter. Eh bien ! M. de Bonald, comme M. de Lamennais, veut que nous acceptions sans examen une vérité première de laquelle on puisse légitimement déduire toutes les vérités subséquentes, un point fixe auquel on puisse attacher le premier anneau de la science, un critérium, enfin, qui puisse servir à distinguer la vérité de l'erreur.

« 2° Les philosophes ont cherché ce fait dans l'homme intérieur, dans l'homme isolé, dans l'évidence. M. de Bonald veut qu'on le cherche dans l'homme extérieur ou social, dans la société. Voilà bien, on en conviendra, le critérium de la vérité, la règle de certitude ôtée à l'esprit individuel, à la raison, et placée en dehors de nous, dans ce qui est commun, universel dans la société. Ne sont-ce pas là les propres termes de M. de Lamennais ?

« 3° On reconnaissait au philosophe le droit d'examiner les croyances de la société et de les rejeter s'il jugeait qu'elles sont en opposition avec la raison. M. de Bonald lui refuse ce droit : Lorsque le philosophe examine avec sa raison ce qu'il doit admettre ou rejeter de ces croyances générales, sur lesquelles a été fondée la société universelle du genre humain, il se constitue par cela seul en état de révolte contre la société ; il s'arroge, lui, simple individu, le droit de juger et de réformer le général, et il aspire à détrôner la raison universelle pour faire régner à sa place sa raison particulière, cette raison qu'il doit tout entière à la société, puisqu'elle lui a donné, dans le langage, le moyen de toute opération intellectuelle.

« Sans cette croyance préalable 'des vérités générales dont la crédibilité est fondée sur la plus grande autorité possible, l'autorité de la raison universelle, il n'y a plus de base à la science, plus de pontifixe auquel on puisse attacher le premier anneau de la chaîne des vérités, plus de signe auquel on puisse distinguer la vérité de l'erreur. Ainsi, il faut croire sur la foi du genre humain les vérités universelles.

« N'est-ce pas là, à ne pouvoir le méconnaître, la pure doctrine de M. de Lamennais, avec ses moyens de preuve, sa manière d'argumenter, et jusqu'à ses expressions les plus ordinaires ? »

RÉPONSE.

Je n'essaierai pas de contester l'anaogie ou plutôt l'identité des principes de M. de Bonald avec ceux de l'abbé de La-

mennais : elle est évidente. Est-ce M. de
Bonald qui a emprunté cette doctrine à
l'auteur de l'*Essai sur l'Indifférence en
matière de religion?* N'est-il pas manifeste
que c'est M. de Lamennais qui a puisé
cette doctrine dans les ouvrages de M. de
Bonald? Ces principes seraient-ils deve-
nus mauvais, faux, parce que M. de Lamennais y a mêlé des exagérations? Sa-
chons une bonne fois distinguer dans
M. de Lamennais l'erreur qui lui est propre, d'avec la vérité, qui lui est commune
avec M. de Bonald, avec tous les vrais
philosophes et avec tous les hommes de
bon sens. Essayons de faire cette distinc-
tion à l'égard des trois points signalés :

1° Que l'homme soit dans l'impossibilité
de tout examiner, de tout démontrer;
qu'il soit dans la nécessité de prendre
pour point d'appui et de départ dans ses
investigations un et même plusieurs faits,
plusieurs principes qu'il admet, auxquels
il adhère sans examen, sans démonstration, c'est une règle proclamée depuis
Aristote jusqu'à Reid et au P. Gratry. Elle
est tellement évidente et si généralement
reconnue, que je craindrais d'abuser de la
patience de mes lecteurs en insistant sur
ce point. Je n'ajouterai qu'une observation. Ce point de départ et d'appui, les
anciens systèmes le cherchaient exclusivement dans l'une des facultés de l'âme,

dans le sens intime, l'entendement ou les sens. En cela ils étaient exclusifs et défectueux. Il faut admettre plusieurs points de départ, prendre le sens intime comme motif de certitude pour les connaissances particulières à l'individu ; l'entendement comme motif de certitude des connaissances intellectuelles ; les sens comme motif de certitude des connaissances matérielles, lorsque les objets sont à la portée de nos sens ; le témoignage des hommes, dans le cas contraire.

2° Où faut-il placer ce point d'appui et de départ? Est-ce dans l'homme intérieur ou dans l'homme social, dans l'individu ou dans la société?

A l'égard des connaissances particulières à l'individu, il faut le placer dans l'homme intérieur, dans l'individu, dans le sens intime.

Mais à l'égard des connaissances générales, communes, il faut le placer dans l'homme social, dans la société, dans le sens commun.

Assurément l'individu est certain des faits, des principes auxquels il adhère sur le rapport de ses facultés naturelles ; mais il en est encore plus certain, lorsqu'il apprend que son adhésion a été partagée par tous les hommes dans tous les temps, dans tous les siècles.

3° Il faut croire sur la foi du genre hu-

main les vérités universelles, a écrit M
de Bonald, mais il ne faut pas confondre
les opinions locales particulières à un
siècle, à un pays, avec les croyances anti-
ques, universelles, constantes du genre
humain. Celles-ci seules ont droit à la foi
de l'homme.

M. de Bonald veut qu'on admette toutes ces croyances, mais il ne défend pas
d'étudier les démonstrations qu'en donne
la philosophie, pourvu qu'on le fasse avec
la disposition de les conserver alors même que la démonstration ne serait pas
saisie et n'aurait pas fait impression sur
l'esprit.

Si l'on tombe dans le Lamennisme parce
qu'on attribue l'origine des vertus religieuses et morales à un enseignement divin, il faudra donc les attribuer à l'observation, et dire avec M. Jules Simon :

« Une religion positive est un ensemble de dogmes et de préceptes révélés. La
religion naturelle est l'ensemble des doc-
trines religieuses et morales que la philosophie peut établir par l'observation et
le raisonnement. Ainsi, c'est Dieu lui-
même qui nous enseigne les vérités de
la religion positive, et c'est l'homme qui
cherche les vertus de la religion naturelle. » (*De la religion naturelle*, ɪᴠᵉ partie, ch. 3, p. 339.)

Alors nous voilà en plein déisme, en plein rationalisme.

Si l'on tombe dans le Lamennisme lorsque l'on professe la prépondérance de la raison générale, du sens commun sur la raison individuelle, il faut donc proclamer la souveraineté de la raison individuelle. Or, voici les conséquences pratiques de ce dogme telles que les déduit M. Jules Simon :

« Pourvu que l'on cherche la vérité de bonne foi, on est philosophe, quelle que soit la doctrine à laquelle on se range; car une fois admise la souveraineté de notre raison, il n'y a plus d'autre règle que d'admettre ce qui paraît vrai, d'ajourner ce qui lui paraît douteux, de rejeter ce qui lui paraît faux. » (*Ibid.*, p. 341.)

Il faut donc opter entre la souveraineté de la raison individuelle et la souveraineté de la raison générale, ou du sens commun, je ne vois pas de milieu.

Vous vous trompez, me dira sans doute le P. Chastel, c'est l'autorité de l'Eglise.

La réponse est facile : il y a des vérités antérieures, logiquement, à la révélation. Quelle sera la règle de l'homme dans ces connaissances? Sera-ce la raison individuelle?

Quelle a été la règle de l'homme avant

Jésus-Christ, avant l'établissement de la Synagogue ?

Quelle est la règle de l'homme dans les connaissances profanes ? La raison générale, le sens commun. Nous pouvons adopter et suivre la même règle en matière de religion, sans tomber dans le Lamennisme (1).

En quoi consiste donc le Lamennisme ? Le voici :

Il consiste à avancer : 1° que le consentement général du genre humain n'est pas seulement le motif le plus fort, mais le seul et unique motif de certitude, de sorte que l'individu ne peut pas se fier à ses facultés naturelles tant qu'il n'a pas vérifié la conformité de leurs rapports avec le consentement général du genre humain.

2° Que l'individu n'est pas seulement exposé à se tromper, mais qu'il se trompe toujours et nécessairement.

3° Qu'il n'existe pas de moyen intrinsèque de distinguer un bon raisonnement d'un sophisme, de sorte que toutes les règles de la logique sont inutiles et fausses.

4° A placer les traditions des Chinois, des Indiens et des autres peuples où la

(1) Voyez PLUCHE, *Spectacle de la Nature*, chapitre De la Logique usuelle.

vérité a été altérée, surchargée d'erreurs,
sur la même ligne que les traditions pa-
triarcales et apostoliques, où la vérité
se trouve pure et complète.

Cinquième objection. (Pag. 162.)

Dans le système traditionaliste, l'enseignement par la parole, étant indispensable
pour penser, a dû être nécessairement
divin à l'origine. Par qui, en effet, auraient
pu être enseignés les premiers hommes,
puisqu'ils étaient les premiers? De la sorte,
la révélation divine est aussi nécessaire,
aussi essentielle que la parole. M. de Bonald, ainsi que la plupart des Traditionalistes, est loin d'être fixé sur la question
de savoir comment les premiers hommes
ont commencé à penser et à parler, si c'est
par un enseignement extérieur de Dieu
ou par une illumination intérieure. Et
toutes les fois que l'illustre auteur aborde
directement cette question, il semble renoncer à la résoudre. On a lieu de s'é-
tonner qu'un génie comme le sien ait si
constamment hésité sur une question ré-
solue par tous les interprètes de l'Ecri-
ture, et qui pourrait même être suggérée
par le simple bon sens. Mais l'étonnement
n'est pas moindre quand on le voit, ou-
bliant ses incertitudes sur ce point, partir
invariablement, dans toutes ses déductions
et ses raisonnements philosophiques, de

l'hypothèse que les connaissances intellectuelles, morales et religieuses de l'homme,
viennent d'une révélation positive, extérieure même. Il est ainsi conduit logiquement à reconnaître la nécessité de la révélation, non-seulement pour les vérités
surnaturelles, mais pour les connaissances
les plus nécessaires de l'ordre naturel.
Cette opinion, suivie par toute l'école traditionaliste, ne fut jamais connue ni par
les docteurs ni par les philosophes chré-
tiens... Si toutes les vérités intellectuelles,
générales, sont dues à la parole et à la révélation, sont toutes des vérités révélées, elles
sont des vérités de foi, elles font partie de
nos symboles, elles tombent dans le domaine
de l'Église, qui a la mission de conserver
le dépôt des vérités révélées et de les interpréter. Or l'Eglise n'a jamais prétendu
étendre sa juridiction sur les connaissances étrangères au dogme, à la morale
et à la discipline ecclésiastique.

RÉPONSE.

Cette hésitation ne doit pas surprendre.
Saint Thomas enseigne que si les hommes
eussent été réduits aux lumières de la
raison naturelle pour connaître l'existence
de Dieu, un petit nombre d'hommes seulement seraient parvenus à connaître cette
vérité salutaire, qu'ils n'y seraient arrivés
qu'après de pénibles efforts et un temps

très-long. Il en conclut qu'il a donc été
très-convenable que Dieu révélât et pro-
posât comme articles de foi même les
vérités qui sont à la portée de la raison.
La conclusion naturelle et nécessaire de
cette observation est que, dès le moment
de la création, Dieu devait à sa sagesse
de révéler à l'homme les vérités religieuses
et morales dont la connaissance lui était
nécessaire, et qu'il l'avait fait, puisqu'il
est certain par le récit des Livres saints
que l'homme a eu une religion et une
morale dès le commencement du monde.
Aussi Bergier, dans son grand Traité de
la Religion, dans son Dictionnaire de Théologie, attribue-t-il à la révélation l'origine
des vérités religieuses et morales : dans les
Etudes philosophiques, Mgr Affre se fait
fort de prouver que la loi naturelle a été
révélée.

Cette opinion n'avait pas été critiquée;
mais récemment on a prétendu qu'en at-
tribuant à une révélation extérieure et
positive l'origine des vérités naturelles,
on confondait l'ordre naturel et surnaturel; que l'on faisait de la révélation une
nécessité, tandis que c'est un don purement gratuit, un don surnaturel. L'école
traditionaliste s'est hâtée de répondre
qu'elle ne confondait pas les deux ordres
de vérités, et l'on a désigné par révélation naturelle celle par laquelle Dieu

avait manifesté les vérités religieuses et morales qui sont l'apanage nécessaire de l'intelligence humaine, réservant la qualification de surnaturelle à la révélation par laquelle Dieu avait manifesté les vérités de l'ordre surnaturel. Cette explication n'a pas satisfait. Le P. Chastel a recueilli les monuments de la tradition dans son ouvrage intitulé *De l'origine des connaissances humaines;* il me paraît avoir prouvé que, d'après l'enseignement des Pères et des docteurs, ce n'est pas par une révélation extérieure positive que le premier homme a connu les vérités religieuses et morales de l'ordre naturel, mais par illumination, infusion; et qu'en plaçant l'origine de ces vérités dans une révélation extérieure, les Traditionalistes s'écartaient de la tradition. Dans son Traité de la valeur de la raison humaine, cet auteur propose un moyen de conciliation : « ce serait de dire que le premier homme ou les premiers hommes ont reçu de Dieu, dans leur création et par l'acte même de leur création, toutes les connaissances que leur nature demandait. Ils ont eu en naissant la pensée et la parole, qu'ils ont transmises à leurs enfants; et alors seulement a commencé cette chaîne d'enseignement extérieur et oral qui doit s'étendre à toutes les générations. »

Quant à moi je serais très-disposé à

adopter ce sentiment. Il est plus conforme à l'enseignement des Pères et des
docteurs de l'Eglise. Il atteint le but qu'on
s'était proposé en plaçant dans la révélation l'origine des connaissances religieuses et morales, qui était de se séparer
des Rationalistes et de prendre une position de laquelle on pût les combattre
avec avantage. Dans ce sentiment la religion et la morale ne sont pas le résultat
de l'observation, ne se transmettent pas
par voie de raisonnement : les premiers
hommes les ont reçues de Dieu directement, immédiatement les autres hommes
les ont reçues et les reçoivent de leurs parents par la tradition. La tradition est toujours le moyen ordinaire et *nécessaire* de
transmission des vérités religieuses et morales.

Quelques personnes craignent qu'on
n'abuse de cette concession et qu'on n'é-
tende à tous les hommes cette illumination intérieure et cette infusion des vérités
naturelles. Cette crainte me paraît mal
fondée.

. Adam était un homme exceptionnel : il
était le premier homme, il n'avait pas de
père ni de mère pour élever son corps,
former son intelligence, il dut être créé
homme parfait dans son corps et dans
son intelligence. Les autres hommes ont
des parents pour prendre soin d'eux sous

les rapports moraux et physiques ; ils
naissent enfants, faibles et ignorants. Il
est bon qu'ils soient placés dans la dépen-
dance de leurs parents par leurs besoins
corporels et intellectuels : il entre dans
les desseins de la Providence de lier l'enfant à la famille, l'individu à la société
pour l'acquisition de toutes les choses nécessaires à la vie corporelle et de toutes
les vérités nécessaires à la vie intellectuelle.

Les vérités religieuses et morales ne
sont pas, comme les sciences profanes, le
résultat du travail de l'esprit sur les données de l'expérience, elles émanent directement, immédiatement de Dieu : les premiers hommes les ont reçues directement
de Dieu : l'enfant les reçoit de son père.

Un père, qui enseigne à ses enfants les
premiers éléments de la religion, n'est pas
un philosophe qui leur communique ses
opinions, ses conceptions, ni même le produit des investigations des hommes, du travail de leur esprit sur les données de l'expérience. C'est un docteur qui leur transmet des vérités traditionnelles, émanées
de Dieu, reçues de Dieu ; il parle au nom
de Dieu, il parle avec autorité. L'enfant
doit l'écouter avec respect, recevoir ses
instructions avec déférence, y adhérer, y
conformer sa conduite.

Dans cet ordre de vérités, la consentement général des pères de famille est une autorité plus respectable que dans les sciences profanes, c'est une autorité qui émane de Dieu, considéré comme auteur de la nature. Les vérités qu'elle professe, ont, il est vrai, une évidence immédiate ou au moins médiate ; les preuves que donne la philosophie de l'existence de Dieu, de la Providence, des devoirs de l'homme, de peines et de récompenses dans une autre vie, peuvent être fort bien comprises par tous les hommes, elles sont de nature à faire impression sur tous les esprits.

Cependant s'il se trouvait des intelligences tellement obtuses qu'elles ne pussent saisir ces démonstrations, elles devraient admettre ces vérités, les croire sur l'autorité du consentement du genre humain. Tout philosophe qui imagine une théorie, un système qui détruit une vérité de sens commun, doit reconnaître que cette théorie, ce système contiennent ou des principes faux ou des conséquences mal déduites.

Je le répète donc : pour ma part je suis très-disposé à admettre le moyen de conciliation proposé par le P. Chastel : mais je le préviens qu'alors je me vois forcé d'adopter une partie des conséquences qu'il signale comme des erreurs.

Ainsi à la page 165, 166 je lis : « Si l'enseignement social n'est originairement que l'enseignement divin, il s'ensuit que la foi à la parole et au témoignage, laquelle constitue et forme la raison, n'est plus une foi humaine, mais une foi divine : ce n'est plus la raison générale, ce n'est plus l'autorité du genre humain, mais l'autorité divine ou la révélation qui est le principe et la première règle de certitude. »

Dès qu'on attribue l'origine des vérités religieuses et morales à une illumination intérieure, l'enseignement social n'est originairement que l'enseignement divin, c'est l'autorité divine qui est le principe et la première règle de certitude tout aussi bien que lorsqu'on l'attribue à la révélation.

Sixième objection. (Pag. 27, 28.)

« Il est difficile de bien saisir le système de M. de Bonald. Dans un endroit, après avoir refusé à l'homme non instruit toute pensée, il comprend sous le nom de pensée les images comme les idées, l'imagination comme l'entendement, et dans l'autre, il lui accorde formellement, comme à l'animal, les images et l'imagination ; il semble difficile de concilier ces deux affirmations : peut-être cependant veut-il dire que l'homme non instruit n'aura pas la perception intellectuelle des corps, n'aura point d'idées sensibles proprement dites, mais qu'il aura comme l'animal la sensation physique et les images purement sensibles. Malheureusement, ailleurs il met l'homme non instruit fort au-dessous de la bête, en lui refusant même l'instinct : l'homme, dit-il en propres termes , naît ignorant et désarmé, et si la faculté de choisir et de vouloir qui le distingue n'est pas éclairée par l'instruction, il n'aura pas de choix. Il aura une impulsion et pas de volonté ; des mouvements et point d'action. Il cédera à des besoins involontaires, mais il ne saura prévoir aucun danger ni s'en défendre : hors d'état de se conserver et peut-être de se reproduire, il sera au-dessous de la brute, ou plutôt il ne sera rien, parce qu'il ne sera pas ce qu'il doit être, et qu'il n'a pas reçu comme la brute un instinct pour suppléer à sa volonté : l'erreur la plus funeste de notre temps est d'avoir cru que l'homme aurait l'instinct s'il n'avait pas la raison, et qu'il serait un animal, s'il n'était pas un homme. »

RÉPONSE.

Qu'un homme du monde éprouve quelque peine à comprendre les ouvrages de M. de Bonald, on le conçoit, cette difficulté vient de la nature des questions que traite ce grand philosophe : mais qu'une personne familiarisée avec les matières philosophiques ait de la peine à saisir la pensée de M. de Bonald, j'en

doute. L'exposition que fait le P. Chastel
du système qu'il combat prouve qu'il
l'a bien compris : l'embarras dont il se
plaint n'est qu'une précaution oratoire
qu'il prend pour se ménager le plaisir un peu méchant de mettre M. de
Bonald en contradiction avec lui-même.
Quel est l'homme qui ait beaucoup écrit et
qui puisse espérer d'échapper.à ce genre
de critique, si l'on épluche toutes ses assertions, toutes ses expressions sans pi-
tié? Quel est l'homme de genre qui ne
tombe pas dans des exagérations particulières, surtout en exposant un système
qu'il a découvert. Je n'hésite pas à le reconnaître, il y a des assertions exagérées,
fausses, dans le passage cité par le P.
Chastel : l'homme est un animal raisonnable : comme animal, il a un instinct ;
les facultés sensitives de l'âme sont excitées par les impressions que font les
corps sur les organes. Aussi l'homme
non instruit a des appétits et des répugnances, il n'est pas hors d'état de se
conserver ni de se reproduire ; mais d'un
autre côté l'instinct de l'homme est
moins parfait que celui des animaux ;
ses sens sont intérieurs ; l'intelligence
étant destinée à suppléer à cette imperfection, l'homme en qui elle n'aura pas
été développée par l'instruction, sera in-
férieur à la bête : cette infériorité est in-

contestable, elle est avouée par le **P. Chastel** lui-même.

Je lis à la page 47 :

« L'enfant ordinaire est instruit et formé par la société, c'est un fait qui n'a pas besoin de preuve. Privé de toute espèce de culture sociale, si on suppose qu'il puisse vivre, il restera immanquablement dans un état de pauvreté intellectuelle et d'imperfection contraire à sa destinée ; c'est ce que certains Rationalistes pourraient seuls contester, et ce que les Traditionalistes ont rendu de plus en plus évident et incontestable. C'est une justice que nous aimons à leur rendre. »

Septième objection. (Pag. 36.)

Dans le système de **M. de Bonald**, l'idée est préexistante à la parole et à l'expression dans l'entendement humain. Mais que sont ces pensées ou ces idées dans l'âme, pendant qu'elles attendent l'expression qui leur convient, et à quel état s'y trouvent-elles ? Quelle est l'action de la parole sur ces idées et quelle modification leur fait-elle subir ? demande le **P. Chastel**.

RÉPONSE.

C'est ici le côté faible de la théorie de **M. de Bonald**. Descartes a fini par re-

connaître, que par idées innées il n'entendait pas les entités de l'Ecole, mais
seulement la faculté innée que tous les
hommes ont de connaître Dieu. Si d'un
côté cette explication faisait tomber la
plupart des objections que l'on avait
proposées contre les idées innées, elle
réduisait cette question à une question
de mots. Aussi la plupart des disciples
de M. de Bonald ont-ils modifié sur ce
point la doctrine du maître.

L'entendement, disent-ils, est destiné
et disposé à percevoir la vérité comme
l'œil est destiné et disposé à recevoir
la lumière; il y a donc proportion, sym-
pathie entre l'intelligence de l'homme
et la vérité. Aussi dès qu'elle lui est proposée il y adhère, et l'impression qu'elle
a produite sur l'entendement ne s'efface
plus.

Ils ajoutent : les objets de la pensée
existent certainement avant que l'homme
les connaisse et y pense. Dieu et ses rapports avec ses créatures raisonnables; les
rapports des hommes entre eux existent
avant que les hommes connaissent la religion et la morale. Dieu qui est présent
partout est certainement toujours présent à l'esprit humain. Dieu, c'est la vérité; la vérité est donc toujours présente
à l'âme. L'homme ne la voit pas tant
que son attention n'est pas appelée sur

elle ; mais dès qu'elle est excitée, éveillée
par la parole, par l'instruction, l'entendement aperçoit la vérité qui se montre
à lui et l'éclaire, pendant que les parents, les maîtres l'instruisent extérieurement.

Huitième objection. (Pag. 47.)

Pour démontrer que l'homme privé de
l'enseignement ordinaire de la société,
est privé par là même de connaissances
intellectuelles, on apporte souvent l'exemple du sourd-muet, et l'on répète avec
assurance : Voyez le sourd-muet, l'exemple du sourd-muet est là. Un abbé Montaigne, qui avait été aumônier à l'insti-
tution de Paris, a composé un livre où
il refuse au sourd-muet, privé de la
connaissance de nos langues, toute idée
rationnelle, morale, religieuse. Ce livre
est cité avec confiance par M. de Bonald ;
de plus, ce livre a été dernièrement réim-
primé à l'étranger, comme faisant autorité, sans doute sur cette question fon-
damentale. Eh bien ! ceux qui se sont
donné cette peine, ignorent probable-
ment qu'à Paris ce livre est considéré
comme de nulle valeur ; ils ignorent
qu'à son apparition, il fut désavoué, hau-
tement démenti par qui de droit et irré-
vocablement confondu. L'abbé Montaigne
était Trad.tionaliste; on s'en aperçoit faci-

lement en le lisant et il a parlé plus
par esprit de système que par connaissance de la vérité ; c'est un fait connu
dans l'établissement où il était aumônier,
que loin de pouvoir interroger et juger
doctement les enfants sourds-muets, il
ne sut jamais assez leur langage de signes
pour pouvoir en confesser un seul.

RÉPONSE.

L'opinion et les connaissances person-
nelles de l'abbé Montaigne sont complétement indifférentes à la valeur et à l'autorité de son ouvrage. Ce livre est un
recueil dans lequel l'auteur a réuni les
témoignages des hommes les plus capa-
bles par leur position et leur expérience
de connaître l'état mental des sourds-
muets. Son ouvrage emprunte son autorité de l'autorité des hommes dont il cite
le jugement.

Ce sont les instituteurs les plus célèbres des sourds-muets, les abbés de
l'Epée et Sicard, M. Paulmier, instituteur
renommé à l'école de Paris, M. Bebian,
jadis professeur à l'institut des sourds-
muets, de Paris, depuis directeur d'une
maison spéciale de sourds-muets, M.
l'abbé James, fondateur d'une école de
sourds-muets à Caen, un des instituteurs
de Claremont près Dublin ; Amman, instituteur de quelques sourds-muets à Ams-

terdam ; **M. Escke**, fondateur et professeur de l'école de Berlin; **MM.** Arnemann, Biester, et Reimarus, M. César de Leipsick, etc. L'abbé Montaigne indique les ouvrages, la page où sont consignés les textes qu'il cite. Le seul moyen de confondre et l'auteur et l'ouvrage était de montrer que les citations étaient fausses ou altérées. On ne l'a pas fait, on ne pouvait pas le faire. L'autorité des faits et des témoignages reste donc entière. Or, voici les conclusions qu'en tire **M.** le docteur **Ubaghs**, professeur à l'université catholique de Louvain par les soins duquel l'ouvrage de l'abbé Montaigne a été réédité :

1° Indépendamment de toute instruction, l'intelligence humaine subsiste en elle-même ; elle vit, elle est raisonnable en vertu de sa nature, et se distingue essentiellement du principe, quel qu'il soit, qui anime les brutes, même celles des classes les plus élevées.

2° L'intelligence humaine abandonnée à elle-même ne reste pas tout à fait inerte ou inactive, elle pense, elle juge et raisonne ; mais cette activité est très-faible, très-bornée et à peu près stérile, aussi longtemps qu'elle n'est pas aidée par des secours venant d'autrui. La seule perception des choses sensibles ne suffit pas pour nous faire connaître leurs causes invisibles et la nature de ces causes.

3· Quelle que soit la perfection native de nos facultés intellectuelles, l'homme privé de toute instruction n'a aucune connaissance explicite des vérités religieuses et morales qui constituent la loi ou la religion naturelle.

4° L'homme n'acquiert une véritable connaissance de ces vérités qu'à l'aide d'un langage, c'est-à-dire d'une langue exprimée ou oralement ou par écrit ou par des gestes.

5° Quelque restreint que soit le nombre de ses organes, fût-il réduit au seul sens du toucher, l'homme est susceptible d'éducation et peut parvenir, à l'aide d'une instruction bien dirigée, à la connaissance claire et distincte des vérités de la morale et de la religion.

Neuvième objection. (Pag. 46-47).

« La raison, disent les Traditionalistes, se développe par l'instruction ; mais d'abord la question est de savoir si elle pourrait le faire autrement. La raison ne pourrait-elle pas , sans instruction, au moins une partie de ce qu'elle peut avec elle ? Ensuite la raison se développe par l'instruction, est-ce à dire qu'elle commence par elle et que l'esprit ne peut avoir avant cet enseignement aucune idée, aucune perception intellectuelle ? nouvelle question à résoudre. Enfin la raison

se développe par l'instruction, est-ce à
dire que l'intelligence, une fois ouverte à
la vérité de quelque manière que se soit,
ne peut acquérir par elle-même aucune
vérité nouvelle ? Les Traditionalistes n'ont
pas prouvé, et nous leur signalons cet
oubli, que la première idée ou la première notion de l'enfant soit une notion
reçue de la société ; ils n'ont pas prouvé
non plus que l'enfant, après le premier
exercice de sa raison, ne puisse pas par
lui-même acquérir une seule notion nouvelle, une seule idée intellectuelle générale. »

RÉPONSE.

Je reprends les différentes parties de
cette objection.

« La raison se développe par l'instruction ; mais la question est de savoir si elle
ne pourrait se faire autrement. »

Cette observation est très-juste.

« La raison sans l'instruction ne pourrait-
elle pas au moins une partie de ce qu'elle
peut avec elle ? »

Le docteur Ubaghs me dispense de répondre à cette question ; il l'a fait, et mieux
que je n'aurais pu le faire.

« Est-ce à dire que la raison commence
par l'instruction et que l'esprit humain ne
peut avoir avant cet enseignement aucune
idée, aucune perception intellectuelle ? »

Je réponds avec le docteur Ubaghs que l'intelligence de l'homme commence à se développer par les impressions que font les objets matériels sur les organes, qu'elle perçoit les images de ces objets, pense, juge, raisonne sur les objets matériels, mais qu'avant l'enseignement elle n'a aucune idée, aucune perception intellectuelle.

« Est-ce à dire que l'intelligence une fois ouverte à la vérité, de quelque manière que ce soit, ne peut acquérir par elle-même aucune vérité nouvelle ?

Non ! De ce que l'intelligence ne peut s'ouvrir à la vérité (j'entends la vérité religieuse et morale), il ne s'ensuit pas qu'elle ne puisse pas acquérir par elle-même aucune vérité nouvelle.

« Les Traditionalistes n'ont pas prouvé que la première idée ou la première notion de l'enfant, soit une notion reçue de la société. »

Erreur ; ils le prouvent par les observations faites sur les sourds-muets.

« Ils n'ont pas prouvé que l'enfant, après le premier exercice de sa raison, ne puisse pas par lui-même acquérir une seule notion nouvelle, une seule idée intellectuelle générale. »

Non : mais pourquoi l'auraient-ils prouvé, puisqu'ils pensent le contraire ?

Dixième objection. (Pag. 121.)

« Nous savons que quelques Traditionalistes, plus timides ou plus prudents, disent
qu'une fois initié à la connaissance de la
vérité par les premiers enseignements du
maître, une fois muni de la raison et des
premiers éléments du raisonnement, l'homme peut, à l'aide de cette raison et des quelques idées qu'il possède, découvrir par
lui-même des vérités nouvelles de l'ordre
intellectuel et supra-sensible. Mais il s'a-
git de savoir s'ils sont fidèles au système
et d'accord avec toute leur Ecole. Voyons
d'abord le maître. Eh bien ! il exige l'enseignement pour la connaissance de Dieu,
de la religion naturelle, de l'immortalité
de l'âme, de la loi naturelle, des vérités
morales, des vérités sociales, des vérités
intellectuelles de tout genre. La manière
dont il formule sa pensée est trop absolue
pour interpréter ses assertions dans un
autre sens. »

RÉPONSE.

Ouvrez l'*Essai analytique sur les lois de
l'Ordre social,* et vous verrez qu'il porte
pour épigraphe cette pensée de Ch. Bon-
net : « Toutes les vérités morales sont
enveloppées les unes dans les autres, et
la méditation parvient, tôt ou tard, à les en
extraire. » Il serait bien étonnant qu'un
auteur qui s'est approprié cette pensée

déniât à l'intelligence développée, éclairée par la raison et en possession de quelques idées, la puissance d'extraire de ces
idées celles qui y sont enveloppées, et de
découvrir ainsi des idées nouvelles. Aussi
M. de Bonald reconnaît-il cette faculté
même à l'enfant. Pour vous en convaincre,
ouvrez ce même ouvrage à la p. 3, t. III,
édit. de M. Migne, et vous lirez le passage
suivant :

« L'enfant, à mesure qu'il cultivera sa
raison, ne fera que développer cette idée,
(l'idée d'être) sans prendre une autre idée
d'être de bonté ; la développera, parce que
toutes les vérités morales sont enveloppées les unes dans les autres. »

Comment M. de Bonald est-il aussi absolu dans ses expressions lorsqu'il refuse à
l'intelligence la faculté de découvrir Dieu,
l'immortalité de l'âme, la loi naturelle,
toutes les vérités religieuses et morales,
et même toutes les vérités intellectuelles ?
C'est qu'il parle d'une intelligence qui n'a
pas été développée, éclairée par l'instruction et qui n'aurait encore aucune idée.
La polémique de M. de Bonald est toujours dirigée, ne l'oublions pas, contre les
Déistes, les Rationalistes, qui soutiennent
que l'homme peut s'élever à la connaissance de Dieu, de l'immortalité de l'âme,
de la loi naturelle, sans le secours de
l'instruction. C'est contre les Rationalistes

que sont dirigées ses conclusions : elles
sont et devaient être absolues. M. de Bonald n'a pas prévu le cas d'un homme qui
aurait reçu un commencement d'instruction et qui n'aurait pas entendu nommer
Dieu, parler des devoirs religieux et moraux. Cette hypothèse est moralement
impossible. Qu'aurait décidé M. de Bonald
si elle s'était présentée à sa pensée? Il aurait répondu qu'un homme dont les facultés intellectuelles ont été développées par
un commencement d'éducation, et qui a
les idées de cause, d'effet, d'être, n'est
pas dans l'impossibilité de découvrir de
nouvelles vérités; par exemple la cause
première, l'être nécessaire. Ces idées sont
enveloppées dans les premières, et la méditation parvient tôt ou tard à les en extraire.

Onzième objection. (Page 129.)

« Tous les Traditionalistes, sans exception, soutiennent que les premières idées
ou les premières vérités doivent être données par l'instruction. C'est le grand principe, le principe fondamental de la nouvelle Ecole, et elle le défend par cette
raison, que la pensée est impossible sans
l'expression. Or, si la première idée ne
peut être connue sans une expression, il
en doit être essentiellement de même de

la seconde, de la centième, de toutes les vérités que l'homme devra connaître ultérieurement. Toutes devront donc lui être enseignées, et il lui est impossible d'en découvrir aucune durant le cours de sa vie. En effet, par où commencera-t-il? par l'idée ou par le mot? Supposer qu'il doit d'abord découvrir l'idée et lui trouver ensuite une expression, c'est renverser le système. Commencera-t-il par le mot, et du mot inventé ira-t-il à l'idée que ce mot exprime? Mais comment inventera-t-il ce mot avant de savoir à quel objet il convient? Donc l'homme ne pouvant aller du mot inventé à l'idée, ni de l'idée au mot à inventer, l'homme n'inventera rien et ne découvrira rien. Tout doit lui être enseigné par la société, et de lui-même il ne peut tenter ni réaliser aucun progrès. C'est une nécessité du système, il faut admettre cette conséquence ou renoncer à dire que l'homme ne peut penser sans parole et sans expressions. »

RÉPONSE.

Commençons par déterminer les limites de la faculté que nous reconnaissons à l'homme de parvenir à des connaissances nouvelles par le travail de l'esprit sur les vérités déjà connues.

Il n'appartient qu'à l'Être infini de créer, c'est-à-dire de faire quelque chose

sans matière première ; de tirer du néant
même les éléments de son ouvrage. L'être
fini ne peut rien faire de rien. Si des matériaux ne lui sont pas donnés, il sera à
jamais dans l'impuissance de faire quelque chose. Cette observation s'applique à
l'ordre intellectuel comme à l'ordre matériel. Dans celui-ci la main de l'homme ne
peut rien faire sans des matériaux qui
lui soient fournis par la nature ; dans
l'ordre intellectuel, son esprit, quelle que
soit d'ailleurs son activité, serait à jamais
stérile, si Dieu ne lui fournissait les éléments sur lesquels il pût l'exercer. Et
même après avoir été pourvu des matériaux nécessaires, il ne crée pas à proprement parler, il invente, il découvre.
A cet égard j'adhère complétement à ces
assertions de M. de Bonald : « L'homme
n'a jamais pu inventer la Divinité, parce
que l'esprit de l'homme ne peut combiner
que des rapports entre des êtres déjà
existants, comme son industrie se borne à
varier les formes d'une matière déjà exis-
tante. » Les limites de la puissance de
l'esprit humain étant bien fixées, il est
facile de répondre à l'objection du P.Chas-
tel. Dans l'esprit humain, les idées sont
liées aux mots qui les expriment ; en opé-
rant sur les mots, on opère sur les idées ;
en combinant les mots, en les associant
ou en les séparant, on combine les idées,

on les associe ou on les sépare. Pour découvrir une idée nouvelle, l'homme ne
commence son travail ni par les mots seulement, ni par les idées seulement : il
commence simultanément et par les mots
et par les idées. L'idée nouvelle se forme
ou par la séparation de deux ou plusieurs
idées, quelquefois par l'union de plusieurs
idées à une idée première ; par l'élimina-
tion d'autres idées. Puisqu'on ne peut
combiner les idées que par la combinaison
des mots, l'idée nouvelle est exprimée par
les mots déjà connus, dont la combinaison
a servi à la produire ou plutôt à la faire
découvrir. C'est pour l'exprimer plus briè-
vement que l'on a besoin d'un mot nouveau. Ce mot, on peut le former par la
combinaison de mots déjà connus, ou
même autrement. C'est ainsi que les géo-
mètres ont créé le mot « hypothénuse, »
pour exprimer d'un mot l'idée formée par
la combinaison de ces mots : « carré fait
sur la base d'un triangle rectangle dont
cette base est un des côtés, et qui est
égale à la somme des carrés faits sur les
autres côtés. »

Douzième objection. (Pag. 90.)

L'impossibilité de penser sans parole,
voilà le pivot de tout le système, le grand
principe du Traditionalisme. Quel est le
sens de cette maxime ? Il est difficile de

le saisir. Eût-il un sens réel, un sens conforme à la thèse nouvelle, il s'agirait de le prouver lui-même, puisque pris dans ce sens il n'est autre chose que la question débattue, il n'est que l'expressiou et l'affirmation sans preuve du nouveau système, p. 94.

« Pour former notre conviction sur. ce point, on fait appel à l'expérience, on nous dit : Nous arrive-t-il jamais d'avoir une idée sans avoir présente son expression ? Mais vraiment il nous semble que cela arrive. Est-ce qu'il arrive jamais au poëte, au philosophe, au contemplatif de rester muet devant leur pensée, sans trouver de mot humain pour la rendre... Il serait bien étonnant que des hommes qui écrivent depuis tant d'années aient ignoré ce phénomène ? Ils ont médité, travaillé et rédigé bien des pages laborieuses. Eh bien ! il leur est arrivé sans doute comme il arrivait à tout homme livré au rude labeur de la composition, d'avoir une conception, une idée claire, précise et fortement sentie, et de chercher une expression qui lui convînt, d'essayer un mot à cette idée, puis un autre, jusqu'à ce qu'ils en eussent trouvé un qui cadrât à peu près avec elle, sans toujours s'adapter parfaitement à toutes les faces, à tous les aspects? Ne leur arrive-t-il jamais, à ces écrivains laborieux, de se voir obligés, de guerre lasse, et en dépit de la langue, de créer une expression nouvelle tout exprès pour exprimer une idée qui les possède ? Or, tout ce travail n'implique-t-il pas qu'ils ont l'idée avant d'avoir le mot, et qu'ils pensent dans cet instant pénible, sans la présence du mot ou avant la présence du mot. »

RÉPONSE.

L'impossibilité de penser sans parole est le principe fondamental de la théorie de M. de Bonald, je m'empresse de le reconnaître. L'homme pense sa parole avant de parler sa pensée. Est-il aussi difficile de saisir le sens de cette proposition que le dit le P. Chastel ? L'auteur a montré qu'il en avait très-bien saisi le sens et la portée. « Nous sommes loin, très-loin, dit-il, de méconnaître l'importance du langage non-seulement pour l'échange de nos pensées avec nos semblables, mais pour les opérations les plus solitaires de notre esprit. Nous pouvons à la vue d'un objet sensible en concevoir l'idée, nous pouvons conserver cette idée et la rappeler au besoin à notre souvenir, là n'est pas la nécessité des mots ou des signes. »

Voilà l'état de la question nettement posé. M. de Bonald reconnaît en effet que l'homme pense aux objets matériels par l'impression qu'il en reçoit actuellement ou qu'il en a reçue, qu'il en conserve les images ou idées que ces impressions ont produites sur lui, qu'il peut réfléchir sur ces impressions, etc. Là n'est pas, selon M. de Bonald, la nécessité de la parole et des expressions. Quand commence donc cette nécessité ? à l'égard de quels objets, pour quelles opérations de l'esprit la parole et les mots sont-ils nécessaires ? C'est, répond ce philosophe, pour les objets qui ne tombent pas sous les sens, qui ne peuvent être pensés sous des images, c'est pour comparer et généraliser les sensations. Sur ce point, le P. Chastel est du sentiment de M. de Bonald ; il reconnaît comme lui la nécessité de la parole et des expressions. Ecoutons-le :

« Mais lorsqu'il s'agit d'abstraire les qualités diverses des choses, de les considérer à part et indépendamment des objets perçus, de comparer ces objets, de recueillir leurs ressemblances et leurs différences, leurs innombrables rapports et tous les phénomènes de cause et d'effet ; lorsqu'il s'agit de combiner à l'infini ces rapports et ces phénomènes et de former d'une manière quelconque des idées abstraites, générales, insensibles ; lorsqu'il s'agit surtout de conserver, de fixer sous le regard de l'esprit ces idées si mobiles,

si fugitives, de les préciser et de les classer, pour empêcher qu'elles ne s'effacent
ou qu'elles ne se confondent, pour être en
état de les rappeler à volonté, de manière
que chacune d'elles se présente toujours
la même et sous le même aspect, alors. on
sent de quel secours, de quelle nécessité
sont les mots et les expressions. Sans un
signe particulier attaché à chaque idée en
quelque sorte comme une étiquette pour
la déterminer et la caractériser, tout ce
monde d'idées subtiles, légères, indécises,
flotterait dans l'esprit, tourbillonnerait,
s'évanouirait comme les atomes dans l'espace. » (Pag. 95.)

Ainsi, de l'aveu du P. Chastel, l'homme
est dans l'impossibilité de former les notions sans la parole et les expressions. Cet
aveu est important, les conséquences en
sont énormes ; je me borne à les indi-
quer.

1° Sans la parole et les expressions,
l'homme n'aurait pas pu former les notions ; et sans la parole et les expressions,
l'homme aurait pu inventer la parole, un
langage articulé ! La formation d'une langue n'est-elle pas bien plus difficile que la
formation des notions.

2° Sans la parole, sans expressions,
l'homme n'aurait pas pu, ne pourrait pas
former les notions ; et sans la parole,
sans expressions, l'homme aurait pu dé-

couvrir Dieu, ses attributs, la spiritualité
et l'immortalité de l'âme, la loi naturelle
et la morale ? Quelle différence entre ces
deux découvertes ! Dans la première, les
objets sont donnés, ils frappent les sens,
il suffit de raisonner sur des qualités sensibles : dans l'autre, les objets ne sont
pas connus, il faut les découvrir, ils sont
spirituels, il faut passer du monde des
corps dans le monde des esprits, dans un
monde dont on ne soupçonne même pas
l'existence.

Cependant le P. Chastel ne veut pas
même que de l'impossibilité de former les
notions sans paroles et sans expressions,
on puisse conclure l'impossibilité de penser sans paroles.

« Mais conclure de là qu'aucune idée ne
peut jamais précéder le mot dans l'esprit,
que sa présence même momentanée, y est
impossible même avant celle du mot, est
une autre exagération non moins insoute-
nable , que ne fera jamais accepter la
nouvelle Ecole. » P. 95.

Mais remarquez-le bien, le P. Chastel
se borne à critiquer l'exagération du système : le principe, selon lui, est trop absolu; il ne serait pas impossible selon lui que
quelques idées pussent être présentes mo-
mentanément dans l'esprit sans la présence de l'expression : ainsi formulée,
l'objection se simplifie beaucoup. Dans

certains cas rares, exceptionnels, l'homme
ne peut-il pas avoir une idée sans avoir
présent le mot qui l'exprime ? Ces exceptions détruisent-elles la règle générale ?

L'homme peut combiner les idées en
combinant leurs expressions, les réunir
ou les séparer et découvrir ainsi les nouvelles idées. Dans ces deux cas la nouvelle
idée est présente à son esprit, et le mot
qui doit l'exprimer n'existe pas, il est à
créer.

Au moyen des idées et des mots qu'il a
dans l'esprit, un philosophe conçoit une
pensée neuve, le mot propre pour l'exprimer lui manque, il le cherche, il es-
saye, il tâtonne jusqu'à ce qu'il l'ait trouvé.
C'est le premier exemple apporté par le
P. Chastel.

Nous connaissons un objet spirituel
au moyen des mots qui l'expriment : par
exemple Dieu, l'âme. Nous est-il impossible de penser à ces objets sans avoir
présent à l'esprit le mot qui l'exprime :
Dieu, âme ? Je ne le pense pas.

Mais tous ces exemples prouvent-ils qu'en
général l'homme puisse penser, à proprement parler, avoir la pensée, l'idée d'objets incorporels sans avoir présents à l'esprit les mots qui les expriment ? Non :
dans le premier cas l'homme pense à l'i-
dée nouvelle au moyen des mots anciens
qu'il a déjà ; dans le second cas c'est par

les mots qui expriment ou définissent l'objet spirituel qu'il en a connu l'existence, la nature, les attributs : c'est encore au moyen de quelques expressions qu'il y pense ; le mot propre seul lui fait défaut.

Ces exceptions, loin de détruire le principe, le confirment.

Au reste les observations de M. de Bonald ont été vérifiées et adoptées par un philosophe qui n'appartient pas à l'Ecole traditionaliste, le P. Gratry. Voici comment il s'exprime dans son Traité de la connaissance de l'âme (l. II, chap. i De la Parole, n° 111) :

Il est clair d'abord que, sans le secours de la parole, chaque homme serait privé de la pensée d'autrui : cela seul réduirait presque à rien la pensée de chacun. Réduisez chaque homme à lui-même pour le développement et le soutien de sa vie corporelle, vous ne comprenez plus ni qu'il puisse commencer à vivre, ni même en supposant qu'il ait pu commencer, qu'il puisse continuer. N'en est-il pas de même pour la pensée ? Et de plus, la pensée est-elle possible sans la parole dans *l'intérieur de chaque esprit ?*

Il y a bien du vrai dans cette comparaison hardie de M. de Bonald : « Les mots sont à notre esprit ce que le tain est à une glace. Sans le tain nos yeux ne verraient pas dans le verre les images des objets, ils ne s'y verraient pas eux-mêmes ; sans les mots, notre esprit n'apercevrait pas les idées des objets, il ne s'apercevrait pas lui-même : et l'idée quoique présente passerait en quelque sorte à travers l'esprit sans laisser de trace, comme sans le tain qui la retient, l'image des objets traverserait le verre sans s'y réfléchir. » (*Recherches philos.*, ch. VIII.)

Belle image empruntée à saint François de Sales, qui nous montre dans le monde divin de la foi la plus haute raison de la nécessité de la parole. Le Verbe, dit-il, est la lumière du monde, et c'est par lui que nous devons être éclairés. Méditons donc le Verbe fait homme dans ses paroles et ses actions ; car, croyez-moi, nous ne saurions aller à Dieu le Père que par cette porte : car tout ainsi que la glace d'un miroir ne saurait arrêter notre vue, si elle n'était enduite d'étain ou de plomb par derrière, ainsi la Divinité ne pourrait être contemplée par nous, en ce bas monde, si elle ne se fût jointe à l'humanité sacrée du Sauveur. Ainsi la pensée pure sans le signe sensible des mots, nous serait comme imperceptible. Bossuet dit la même chose : il se demande comme chose douteuse, s'il peut y avoir en cette vie un pur acte d'intelligence dégagé de toute image sensible. Il n'est pas incroyable que cela puisse

être durant certains moments, dans des
esprits élevés à une haute contemplation...
mais cet état est fort rare, et il faut parler ici de ce qui est ordinaire à l'entendement. Or l'expérience fait voir qu'il se
mêle toujours ou presque toujours à ces
opérations quelque chose de sensible,
dont même il se sert pour s'élever aux
objets les plus intellectuels. (*Connaiss. de
Dieu et de soi-même*, ch. III.)

Ceci rentre dans cette importante assertion de saint Thomas d'Aquin, que, dans
l'état présent, l'homme ne peut rien concevoir sans s'appuyer sur quelque signe
ou quelque image. C'est un fait d'observation quotidienne, que les mots dans l'esprit fixent, arrêtent, rassemblent, portent
et conduisent la pensée. Essayez de voir
votre esprit, vos idées, regardez bien ;
tant qu'il n'y a pas de mots sous ce regard intellectuel, vous n'apercevez rien,
et dès que vous voyez, il y a des mots.

Il en est ainsi habituellement ; mais en
est-il ainsi nécessairement ? Est-il donc
absolument vrai qu'en aucun cas on ne
peut penser sans parole ? Nous l'ignorons.
Peut-être est-il certains moments, certains
états de l'âme où l'acte pur d'intelligence
est possible sans la parole. Peut-être,
quand le Verbe de Dieu lui-même réside
surnaturellement dans nos âmes, peut-
être donne-t-il parfois à notre faible ver-

be une consistance, une sorte de sub-
sistance qui le rend capable de voir et
d'être vu.

Treizième objection. (P. 208.)

« Comment la parole produit-elle la lumière et la connaissance dans l'esprit de
l'enfant? comment lui fait-elle apercevoir
ses premières idées? Il faut, de toute nécessité, répond M. de Bonald, supposer dans
l'esprit de l'enfant quelque chose d'antérieur à la leçon, des pensées qui attendent
les paroles pour se joindre à elles. Les
mots réveillent les idées, les montrent à
l'esprit et les lui rendent présentes.

« Tout cela semble ingénieux, mais ne
fait que mettre dans tout son jour la difficulté qu'on veut expliquer. Quand même on viendrait à comprendre ce que sont
ces pensées, ces idées antérieures à la
parole, il resterait surtout à savoir comment chacune d'elles, reveillées par la
parole, va se joindre à tel ou tel mot prononcé, et comment tel ou tel son, de soi-
même arbitraire, va réveiller telle idée
plutôt que telle autre.

« On pourrait accepter l'explication de
M. de Bonald s'il y avait dans l'âme
de l'enfant juste autant d'idées latentes
que la langue qu'on lui parlera comprend
de mots, et qu'à mesure que la parole
frappe sur cette âme, chaque mot réveille

son idée correspondante, laquelle s'atta-
che à lui immédiatement, naturellement.
C'est, en effet, ce que M. de Bonald paraît
insinuer quand il dit : Remarquez que
ces pensées se trouvent dans l'esprit de
l'enfant prêtes à se joindre aux sons les
plus divers, et indifférentes à toutes les
langues qu'on voudra lui faire entendre.
Voilà, sans doute, une explication bien
simple : supposons que Dieu ait déposé
dans l'âme un nombre voulu d'idées et
qu'il ait établi une langue contenant exac-
tement le même nombre de mots, rien de
plus facile que de supposer que chaque
mot prononcé fera jaillir l'idée correspondante, comme chaque touche du clavier
fait sortir la note qui lui est propre. Mais
il faudrait pour cela que Dieu eût établi entre chaque mot et chaque idée un rapport
spécial, particulier et nécessaire, afin que
le mot réveillât toujours inévitablement
l'idée et rien que l'idée qui lui est propre. Malheureusement c'est ce qui n'existe
pas, et cette correspondance des mots et
des idées n'est qu'une belle utopie. Tou-
chez un clavier, à quelque note que ce
soit, la note sortira inévitablement, si l'ins-
trument est bon. Articulez un nom à l'o-
reille de l'enfant, dans quelque langue
que ce soit, aucune idée ne s'éveille, et,
plus tard, suffirait-il de prononcer un mot
devant un homme pour réveiller en lui

l'idée qui correspond à ces mots ? Prononcez un mot chinois devant un Parisien, que pourra-t-il y comprendre ?

« Autre difficulté. Entre le maître et l'élève il faut un point commun d'intelligence. Sans ce point ils ne parviendront point à s'entendre. Quel est ce point commun ? Entre l'enfant qui commence à parler sa langue maternelle et ceux de qui il en reçoit la connaissance, quel est le moyen, le lien, le truchement de leurs pensées et de leurs paroles ?

« Ce sont, répond M. de Bonald, les idées latentes qui existent déjà dans l'entendement de l'enfant.

« Oui, certainement, continue le P. Chastel, des idées antérieures et du même genre doivent se trouver dans l'esprit de l'enfant ; mais ces idées antérieures doivent s'y trouver, non à l'état latent, inaperçues, incolores, comme le suppose l'illustre auteur, mais à l'état de perceptions et de connaissances réelles. Sans cela, de quoi lui serviraient-elles pour comprendre le mot et composer la nouvelle idée ? Tout enseignement est fondé sur une connaissance antérieure, dit Aristote. Il suit de là que ce n'est point l'enseignement de la parole qui donne à l'enfant les premières idées. Il est impossible que la première idée ou la première connaissance vienne de cet enseignement. Ainsi croule par sa base le système traditionaliste.

« On invoquera sans doute le fait, on dira que dans le système, comme dans la réalité, la parole et l'enseignement donnent des idées, des connaissances. Comment cela se fait-il? Comment un homme enseigne-il un autre homme? Comment, cette expression recueillie et pensée dans le cerveau, l'âme perçoit-elle son idée? On l'ignore, sans doute on l'ignorera toujours, a dit le maître. D'autres, à son exemple, ont répété que c'était, et que ce serait toujours un mystère. Il ne s'agit pas d'invoquer ici le mystère, il s'agit de montrer comment le fait est possible, comment il peut s'opérer sans miracle. »

RÉPONSE.

Précisons d'abord l'état de la question. Un point d'intelligence entre le maître et l'élève est indispensable; cette nécessité est reconnue de part et d'autre. M. de Bonald prétend que des idées à l'état latent peuvent faire cette fonction. Le P. Chastel le nie, et soutient que des idées à l'état de perception peuvent seules servir de truchement entre le maître et son élève. A cet égard, je n'hésite pas à reconnaître que le Jésuite a raison. L'explication de M. de Bonald me paraît défectueuse. Ce grand philosophe a entrevu, indiqué même l'explication vraie dans une dissertation sur le langage inséré à la suite de l'*Essai analytique*, dans les premières éditions de ses œuvres et dans le tome III, pag. 413, de l'édition de M. Migne; seulement il ne l'a pas développée d'une manière complète : je vais tâcher de suppléer aux lacunes que présente son travail. Cette explication est en germe dans un passage de saint Augustin, tiré de l'ouvrage intitulé *De magistro*, n° 35.

« Nous n'apprenons rien, dit ce grand philosophe, par ce genre de signe qu'on appelle mots, car c'est la connaissance de la chose signifiée qui nous fait connaître la valeur du mot ou le sens renfermé dans le son, plutôt que le signe ne nous fait connaître la chose. »

« Celui qui m'apprend quelque chose, ajoute saint Augustin, est celui qui présente à ma vue, à tout autre de mes sens, à mon esprit, la chose même que je désire connaître. »

Ainsi, pour instruire un enfant, il ne suffit pas de prononcer des mots à son oreille, il faut encore lui faire comprendre le sens de ces mots ; on le lui fait comprendre en présentant l'objet à sa vue ou à quelque autre de ses sens, si l'objet est matériel, et à son esprit, s'il est incorporel. Le procédé est simple à pratiquer et

même à expliquer, tant qu'il s'agit d'objets matériels. On prononce un mot devant l'enfant, et l'on appelle son attention
sur l'objet exprimé en le lui présentant ou
en le lui montrant, et l'on recommence jusqu'à ce que l'enfant se soit accoutumé à
lier le mot à l'objet. Voilà comment l'enfant apprend à attacher les mots aux
choses. Il entend répéter souvent le même
mot avant de le comprendre ; mais, ayant
observé et noté dans quelles circonstances
on le prononce, il découvre qu'on veut
l'appliquer à tel objet qu'il a appris à
connaître en le voyant.

« Quand les hommes qui m'entouraient,
dit encore saint Augustin, nommaient
quelque chose par un mot, et qu'en pro-
nonçant ce mot ils étendaient le corps
vers un objet, j'observais et je compre-
nais que cet objet était signifié par le mot
qu'ils prononçaient lorsqu'ils voulaient
désigner l'objet ; et je découvrais leur intention par leurs mouvements de corps,
comme par un langage naturel entendu
de tous les peuples et que parlent le vi-
sage, les yeux, tous les membres, et le
simple son de la voix, quand il est besoin
d'exprimer une affection de l'âme, de
demander ou de prendre, de repousser ou
d'éviter une chose. C'est ainsi qu'à force
d'entendre des paroles sur différents su-
jets prononcées dans certaines circons-

tances et répétées, je parvins peu à peu à deviner leur signification.»

« Voilà bien , ajoute le P. Chastel , la manière et la seule manière dont l'enfant peut comprendre le premier mot et l'idée qu'il renferme.»

Cette observation est juste ; seulement je lui ferai remarquer qu'il ne peut s'agir d'idées proprement dites, puisque nous parlons d'objets matériels.

Passons aux mots qui expriment des notions, ou idées généralisées ; prenons pour exemple les mots *égalité, inégalité.* Comment expliquerai-je ces mots à un enfant? Sera-ce avec d'autres mots? Mais, comme dit très-bien le P. Chastel, il ne les comprendra pas davantage, à moins qu'ils ne lui aient été expliqués à leur tour, et ainsi de suite, à l'infini. Quel moyen prendrai-je? Je placerai devant lui des quilles de même hauteur et je prononcerai le mot *égalité.* A ces quilles j'en substituerai d'autres de différentes grandeurs, et je lui dirai qu'elles sont inégales. C'est le moyen indiqué par le P. Chastel ; c'est aussi le procédé conseillé par M. de Bonald.

« Je montre à un enfant, dit ce philosophe, des objets matériels ; j'exécute devant lui certains mouvements ; je lui nomme en même temps et ces objets et ces actions, et ce langage d'actions et d'i-

mages se joignant dans son esprit au langage articulé que je prononce, l'explique,
le traduit, et il prend l'habitude de représenter les mêmes mots à l'occasion des
mêmes objets et des mêmes actions, dont
il comprend l'usage et le motif. »

Ainsi **M.** de Bonald et le **P.** Chastel sont
d'accord sur la méthode ; il semble qu'ils
devraient l'être aussi sur le fond des
choses. Pas du tout : des mêmes faits ils
tirent des conclusions tout opposées.
M. de Bonald et les Traditionalistes en con-
cluent que c'est la parole qui donne à
l'enfant la première idée. Le **P.** Chastel
en tire une conclusion tout opposée.
Ecoutons-le (pag. 229) :

« Et voilà justement, ajoutent les Traditionalistes, comment la parole donne à
l'enfant la première idée : c'est la méthode des nourrices. Nous dirons, nous :
Voilà qui démontre bien clairement que
ce n'est pas la parole qui donne à l'enfant
cette idée. Analysons les choses.

« Le mot d'abord prononcé ne dit rien
à l'enfant; il n'est pas compris, il ne saurait l'être. Mais ensuite on lui montre
deux objets distincts, on attire son attention sur ces deux objets, et spécialement
sur leur rapport visible d'égalité ou d'inégalité. C'est là le moment précis où l'idée
naît en lui, et le moyen qui la fait naître
est exclusivement la présence et l'obser-

vation des objets. Dans un troisième moment, et toujours en présence des objets, on répète le mot égalité, inégalité; il a maintenant l'idée que ce mot exprime, la présence des objets la lui a donnée. Mais il semble difficile qu'il comprenne aussitôt et du premier coup que le mot exprime l'idée qu'il a dans l'esprit, et qu'on veuille par ce mot signifier cette idée; seulement il éprouve en même temps ces deux impressions, la sensation du mot et la perception mentale de l'idée. Une seconde fois, en présence des mêmes objets ou d'objets semblables, on répétera le même mot, et la même simultanéité d'impressions se produira en lui. On répétera cette opération une troisième fois, et comme il éprouvera toujours simultanément la sensation du mot et la perception de l'idée, ces deux impressions se lieront bientôt dans son esprit, de manière que, par une loi bien connue de l'association des idées et des sentiments, ces deux impressions ne se présenteront plus l'une sans l'autre, et que le mot prononcé devant lui, même en l'absence des objets, lui rappellera immédiatement l'idée. Quand il entendra les autres hommes prononcer ce mot, il comprendra qu'ils veulent exprimer cette idée; et lui-même, dès qu'il en sera capable, l'emploiera pour représenter la même idée. Voilà, croyons-nous, comment l'enfant comprend la parole et apprend à parler. »

La conclusion du **P.** Chastel est-elle légitime ? doit-on conclure de l'exemple proposé que l'enseignement est complétement étranger à la génération des idées ? doit-on conclure que c'est exclusivement la présence des objets qui a fait naître l'idée d'égalité ou d'inégalité ?

1° Doit-on conclure de l'exemple proposé que l'enseignement est complétement étranger à la génération des idées ? Cette conclusion n'est pas légitime, l'auteur conclut du particulier au général, des notions aux idées proprement dites. Remarquez en effet que dans l'exemple il s'agit de notions, c'est-à-dire de perceptions sensibles ; il s'agit d'images et non d'idées. Or M. de Bonald a reconnu que nous pensons aux objets matériels à l'occasion des impressions qu'ils font sur nos organes, que nous y réfléchissons, que nous percevons les rapports qu'ils ont entre eux.

2° Doit-on, peut-on en conclure que c'est exclusivement la présence des objets matériels qui ait fait naître la notion d'égalité ou d'inégalité ? pas davantage : la présence de ces objets a servi à la naissance de cette notion, mais il n'est pas exact de dire que c'est exclusivement la présence des objets qui la fait naître ; c'est au contraire l'enseignement qui appelle l'attention de l'enfant sur ces deux objets et notamment sur leur rapport d'égalité ou d'inégalité ; or c'est la perception de ce rapport qui constitue l'idée ou plutôt la notion ; abandonné à lui-même, l'enfant n'aurait pas fait attention aux objets, il n'aurait pas aperçu leur rapport, il n'aurait pas conçu l'idée ou la notion. L'instruction contribue puissamment à faire naître cette idée.

Nous venons de voir comment le maître fait comprendre à l'enfant le sens des mots qui expriment les notions. Passons à un ordre de mots plus relevés. Comment lui donne-t-il le sens des mots : bonté, vertu, justice, ordre, bien, mal, être ? Les objets exprimés par ces mots tombent-ils sous les sens, le maître peut-il les présenter à quelqu'un des sens de l'enfant? Le maître offre à son élève des exemples de bonté, de justice, d'ordre, de bien, de mal qui est un langage d'action, il fait appel aux sentiments que ces actes ont excités dans son esprit.

M. de Bonald paraît croire que ce langage d'action ne suffit pas pour que le maître soit compris par l'enfant. Il faut, dit-il, de toute nécessité supposer dans l'esprit de l'enfant quelque chose d'antérieur à la leçon, des pensées qui attendaient les paroles pour se joindre à elles, car les mots réveillent les idées, les montrent à l'esprit et ne les créent pas.

Très-bien : mais des idées latentes ne suffisent pas pour faire comprendre le sens des mots : il faut des idées perçues antérieurement à l'instruction ou au moins simultanément. Ces idées sont les actes de bonté, de justice, de vertu connus par l'enfant et les sentiments qu'ils ont excités en lui. Aussi les idées éveillées dans l'esprit de l'enfant, ne sont pas des idées morales spirituelles, ce sont des sentiments ; l'acte de bonté lui a causé du plaisir : le bien c'est pour lui le plaisir, le mal c'est la douleur. L'enfant ne s'élève pas au-dessus de la sphère des choses matérielles et sensibles. L'être est pour lui un objet qui frappe ses sens. Les mots qui expriment pour l'homme fait des idées morales et correspondent à des objets spirituels, pour l'enfant n'expriment que des images, des sensations, ne correspondent qu'à des objets matériels et sensibles. Ces mots, ces idées sensibles servent de pont d'intelligence entre le maître et l'élève. C'est à l'aide de ces idées que le maître parvient à faire comprendre à l'élève le sens des mots qui expriment des idées proprement dites et désignent des objets spirituels.

Prenons pour exemple les mots, âme, Dieu.

Pour donner à l'enfant le sens du mot *âme*, le maître lui apprend à associer au mot être ou substance le mot penser; il lui dit : L'âme est l'être ou la substance qui pense ; si le maître s'arrêtait là, l'enfant n'aurait qu'une idée bien grossière de l'âme, il croirait que l'âme est un être ou une substance matérielle ; afin d'achever de lui faire connaître l'âme, le maître habitue l'enfant à séparer du mot être ou substance les notions : figure , couleur, étendue, et quand il y est parvenu, l'enfant comprend que l'âme est une substance spirituelle.

Le procédé est à peu près le même pour le mot *Dieu*. Le maître commence par accoutumer l'élève à joindre au mot être les mots puissance, bonté, justice ; Dieu, lui dit-il, est un être puissant, bon, juste, qui a fait le ciel et la terre. L'enfant sait alors que Dieu est un être puissant, bon, juste, qui a fait le monde ; il n'a encore qu'une idée bien grossière de Dieu. Il se représente certainement Dieu sous une forme matérielle, sous la figure d'un homme grand, fort, peut-être d'un vieillard. Il restera dans cet anthropomorphisme tant que l'instruction ne l'en aura pas tiré, et l'instruction ne doit entreprendre ce second travail que lorsque l'intelligence de l'enfant est assez développée pour secouer l'empire des sens. Alors le maître

aide son élève à écarter les notions :
forme, figure, commencement, fin de
l'idée d'être tout-puissant, bon et juste,
à concevoir Dieu comme un pur esprit (1).
Alors seulement l'élève a l'idée exacte,
complète de Dieu.

Cette méthode est indiquée par M. de
Bonald. Ce grand philosophe n'était pas
assez simple pour croire et surtout pour
écrire qu'il suffit de prononcer le mot
Dieu devant un enfant pour lui donner
l'idée de Dieu; il savait très-bien que
pour expliquer à un enfant, à un ignorant,
ce qu'on entend par le mot Dieu, il faut
prendre les idées partielles que l'enfant a
dans l'esprit, les qualités et les perfections qu'il connaît, et de ces perfections
réunies et conçues à un degré supérieur
se forme en lui l'idée de Dieu. Il suppose un premier législateur instruisant
une horde de sauvages. « Ce législateur,
dit-il, apprit donc aux hommes que Dieu
existe, et, obligé de leur expliquer la
signification de ces mots, il développa
dans leurs divers rapports ou conséquences l'idée qu'il voulait leur en donner, et
leur dit dans la langue qu'ils entendaient,
que cet être qui s'appelait Dieu était un
être bon et puissant, plus que l'homme,

(1) Ad cognitionem Dei oportet uti via remo-
tionis. (S. Thomas, *Sum. phil.*, cap. 19.)

puisqu'il avait fait tout ce qu'ils voyaient, qu'il fallait l'aimer puisqu'il était bon et qu'il avait fait l'homme pour lui et l'univers pour l'homme, et qu'il pouvait détruire l'homme et l'univers; qu'il récompenserait les hommes bons et punirait les hommes méchants. »

C'est bien le procédé que j'ai décrit et que les parents, les maîtres emploient avec les enfants.

M. de Bonald ajoute : « Mais il eût été entièrement égal de tenir aux hommes les discours qu'on vient de lire ou de leur débiter, comme des bouffons de comédie, des mots forgés à plaisir, si les auditeurs n'eussent eu dans l'esprit, antérieurement aux paroles de l'orateur, les idées d'être, de bonté, de puissance, de comparaison, de relations, de temps, d'action universelle, de devoir d'aimer et de crainte, de bien et de mal, idées qu'ils attachaient dans le même ordre à chacun de ces mots aussitôt qu'ils étaient prononcés. »

Je ne puis admettre cette observation qu'en partie. Il est incontestable que ce discours n'aurait pas été compris par les auditeurs, si antérieurement ils n'eussent eu les idées de bonté, de puissance, etc., c'est-à-dire s'ils n'avaient pas compris les mots puissance, bonté, justice; mais comment les comprirent-ils ? M. de Bonald suppose que les idées de bonté, de

justice et autres, existaient antérieurement
à l'état latent dans l'esprit des auditeurs,
et qu'elles vinrent se joindre aux mots
aussitôt qu'ils étaient prononcés. Mais
l'existence de ces idées à l'état latent est
un système ; mais leur jonction aux mots
aussitôt qu'ils sont prononcés est une
fiction. Qu'y a-t-il de vrai ? C'est que l'enfant, l'élève doit avoir la perception claire
et distincte des idées, connaître déjà le
sens des mots que l'on emploie pour expliquer un mot qu'on prononce devant
lui pour la première fois, dont on se sert
pour définir un objet inconnu. Ces idées,
il en a la perception ; ces mots, il en connaît le sens. Il a acquis ces idées, le sens
des mots à l'occasion des impressions
qu'ont faites sur lui les objets matériels,
les actes ou les exemples de bonté, de
puissance, de justice et par les instructions qu'il a déjà reçues et par son commerce habituel avec les autres hommes.
Laissons donc de côté ces idées à l'état
latent, à l'état de germe, ne parlons plus
d'idées innées. Tenons-nous-en à la réalité. Les vérités morales, les êtres spirituels existent antérieurement à la connaissance que nous en avons : Dieu est présent à l'esprit de l'homme, il se montre à
lui, il l'éclaire intérieurement pendant
que le maître l'instruit extérieurement.
En ce sens et dans cette mesure je con-

sens à reconnaître que c'est Dieu qui est le seul maître et que les hommes ne sont que des moniteurs.

Mes critiques ont porté sur une partie de la théorie de M. de Bonald, les idées à l'état de germe, à l'état latent; peut-être en ont-elles démontré la faiblesse, mais ce n'est que l'accessoire de la théorie. La partie principale est l'impossibilité du développement complet de l'intelligence sans le secours de l'instruction, c'est l'impossibilité de connaître les objets spirituels sans l'instruction, c'est l'impossibilité de l'invention de la parole. Or ces trois points restent debout. Les détails dans lesquels j'ai été obligé d'entrer pour réfuter les objections du P. Chastel ont dû les confirmer. L'intelligence commence, il est vrai, à se développer à l'occasion des impressions que font les objets matériels sur les organes : avant toute instruction, l'enfant, l'homme surtout, pense à ces objets, réfléchit sur ces impressions, les compare, saisit les propriétés des corps, leurs rapports entre eux et avec son propre corps ; mais ce premier développement de l'intelligence serait bien imparfait, les opérations de l'entendement sur les objets même matériels seraient bien bornés, bien fugitifs sans le secours de la parole et des expressions. Le P. Chastel le reconnaît. L'homme ne peut former les notions ou idées générales sans le secours d'un langage articulé. Puisque l'intelligence n'est complétement développée que par l'enseignement et que l'homme ne peut pas former les notions sans le secours des mots, n'est-il pas évident qu'il serait dans l'impossibilité d'inventer le langage articulé, mécanisme encore plus compliqué que les notions ?

Les choses matérielles ont, il est vrai, quelque analogie avec les objets spirituels; le maître se sert de ces analogies pour faire comprendre à l'enfant, à l'élève, le sens des mots qui désignent les êtres spirituels et lui faire concevoir l'idée de ces êtres; ainsi l'être matériel a plusieurs propriétés communes avec l'être spirituel. C'est à l'aide de ces propriétés que le maître fait concevoir à l'enfant l'idée de Dieu. Mais on a vu quelle difficulté éprouve un maître à habituer l'enfant à écarter de la notion d'être, les images sensibles et à lui faire concevoir un pur esprit. N'est-il pas évident que l'enfant abandonné à lui-même, que l'homme, dont l'intelligence n'aurait pas été complétement développée par l'instruction, ne parviendraient jamais à s'affranchir de l'empire des sens et à pénétrer dans le monde spirituel, par le seul travail de leur esprit sur les élements matériels ! Ce sont des objets d'ordres tout différents.

J'ai terminé avec le **P.** Chastel et ses attaques ; j'aurais donc fini, si je ne voulais dire un mot du silence gardé par un de ses confrères sur la théorie de **M.** de Bonald. Le **P.** Marin de Boisseve a composé un traité élémentaire de philosophie. Dans cet ouvrage, l'auteur consacre vingt-six pages à l'exposition des différents systèmes de philosophie sur l'origine des idées : il garde le plus complet silence sur celui de **M.** de Bonald. Le **P.** Chastel a cru que ce système valait la peine que l'on composât un volume entier pour le combattre : le **P.** de Boisseve ne lui a pas même fait l'honneur de l'exposer, de le discuter. Assurément la réputation de l'auteur de la *Législation primitive* est assez grande, assez bien établie pour se passer des éloges ou des critiques d'un professeur de philosophie, quel que soit d'ailleurs son mérite. Mais le système de **M.** de Bonald est un fait important dans l'histoire de la philosophie : un traité de philosophie est-il complet, lorsqu'il n'expose pas les découvertes, les théories nouvelles ? L'enseignement d'un professeur de philosophie est-il à la hauteur à laquelle sont parvenues les connaissances humaines, lorsqu'il ne fait pas connaître à ses élèves les découvertes qui ont signalé l'époque où ils existent ?

« Mais je m'exposerais certainement aux

critiques, aux attaques de l'une ou de l'autre Ecole. » Vaine excuse : il faut avoir le courage de son opinion, le courage de la faire connaître et de braver les critiques et les attaques. Bacon a dit : « Dans les colléges, académies, écoles, toutes les études sont restreintes dans le cercle de certains auteurs, tous les esprits y sont emprisonnés en ces auteurs classiques ; si quelqu'un ose s'écarter un peu de leurs opinions, à l'instant, tous s'élèvent contre lui : c'est un homme turbulent, un novateur, un brouillon. » (*Nov. orig.*, t. I, n° XC; t. II, p. 53, éd. Charp.)

L'illustre Compagnie de Jésus payerait-elle, sous ce rapport, le tribut aux misères humaines ? Je la plaindrais, je plaindrais même la France, même l'Eglise tout entière ; la Compagnie est appelée à exercer une grande action sur les intelligences, elle ne répondra pas à sa haute mission, si elle demeure parquée dans les méthodes, les systèmes du moyen âge, ou même des xvi, xvii et xviiies siècles. Il faut proportionner les moyens de défense aux moyens d'attaques, et réciproquement. Que penserait-on d'un ingénieur qui s'opiniâtrerait à conserver le système de fortifications en usage avant l'invention de l'artillerie ?

Gardons-nous de ressembler à des gens qui voudraient se battre à l'arme blanche

contre une puissance qui posséderait la
poudre. Les balistes ne sont plus de sai-
son devant les pièces de vingt. Les vieilles
méthodes ont du bon, mais elles ne suffisent plus, depuis que la raison humaine,
la raison individuelle s'est déclarée sou-
veraine ; il faut aller droit à elle et la
forcer, sous peine de mort, de se pros-
terner devant la raison commune, devant
la raison divine.

Paris. — Imprimerie de L. MIGNE.

www.ingramcontent.com/pod-product-compliance
Ingram Content Group UK Ltd.
Pitfield, Milton Keynes, MK11 3LW, UK
UKHW031845170726
13836UKWH00004B/1885